HautRevue
(von dem Wunsch nach Nähe einer grande dame)

Herstellung und Verlag:
Books on Demand GmbH, Norderstedt
ISBN 978-3-8391-5107-5

Ik
wil alleen
maar weten
wie
ik ben.

Een
andere reden
om te schrijven
heb
ik niet.

Maar
wie ik ben
gaat niemand
wat aan.
(Jan Arend)

Gegen Fieber hilft nur schwitzen

Ok. Bien. Ja zeker. Die meisten sagen, ich solle doch einfach mal weiterschreiben. Die Resonanz der Kurzgeschichten ist relativ positiv, außer ein paar Schreibfehlern vielleicht. Lektorinnen sind auch nur Menschen. Das sind ja wahrscheinlich auch die, die zu Hause sind, auf die Kinder aufpassen und dennoch fleißig arbeiten. Ich verzeihe ihnen. Sofort. Und selbst kann ich nur sagen: einmal mehrsprachig erzogen, immer wieder diffizil, eine Sprache perfekt zu beherrschen. Aber bitte schön, wer kann heute fehlerfrei Deutsch? Wir haben doch alle unsere Hilfsprogramme zur Hand. Und dann auch noch dieser neue Duden, mussssss das denn wirklich so sein?

Wir haben bald Winter, und es geht wieder. Nachdem du letztes Jahr zwischen Weihnachten und Neujahr auf einer Party über meine Füße gefallen bist, sehen wir uns immer noch. Zweimal die Woche sogar. Was im Sommer nicht gelingt, macht ja vielleicht der Winter wieder gut. Du wirst ruhiger, ich bin häuslicher, und diese graue Jahreszeit ist perfekt, um ausgiebig zu kuscheln.

Es blieb mir lange verwehrt, dass der Winter so sommerlich sein kann. Aber wir schreiben ja auch erst November, 15 Grad auf meinem Balkon, ein paar Blätter verweilen noch an dem einen Baum. Stadtmensch. Single. Normal.

Drehen wir die Uhr oder die Zeit einfach mal ein paar Monate zurück.

Printemps

Es ist Frühling, und ich verstehe mehr. Meer ist noch besser. Viel zu selten fahre ich ans Meer. Ich habe Lust, mit Dir ans Meer zu fahren, aber nun sind die Ferien vorbei. Schön ist das. Wir erweitern unsere Schnittmenge und sehen uns mehr als nur sonntags.

Der Winter war nicht lang, denn ich angelte mich freudig von Sonntag zu Sonntag, die Vorfreude war groß. Letzten Samstag haben wir unsere Küsse öffentlich gestaltet, gemacht, geschmeckt. Du hast meine Haut gefüttert mit Wärme und Küssen, so behutsam, dass ich mich drei Tage danach immer noch gut fühle. Du bist schon ein kleiner Kuschelkünstler. Wenn ich mal ganz tief in die Schatulle greife, erkenne ich Ähnlichkeiten zu meiner großen Liebe Gero. Aber nein, es ist anders, denn ich bin fast vierzig und viel hübscher. Wir sind nicht alt. Zahlen stehen im Pass, aber nicht in unseren Herzen.

Es macht wenig Unterschied. Du gefällst mir immer noch. Was für ein Glück, dass Du an einem Montag über meine Füße gefallen bist. Nein, falsch, dass ich Dir an diesem letzten Montag des letzten Jahres ein Bein gestellt habe, ich wollte mich mit Dir unterhalten, dann wollte ich Dich wieder sehen. Wir sehen uns immer noch, es gibt mehr zu tun als drei Monate Larifari, das hier dauert länger an, für uns, ist gut, will ich haben.

Du bist immer noch groß, weich. Kuscheln war gestern, wir haben Sex, aber wir testen uns aus, suchen unsere

Grenzen, wissen manchmal nicht weiter, weil für immer wäre zu viel verlangt, macht Angst, macht uns klein, wollen leben, wünschen Spannung, sind hin- und hergerissen.

Ich schreibe wieder, warum nicht, hab' lange genug gehadert, soeben überkam mich der Drang, mich wieder mitzuteilen, Gedanken loszuwerden und loszulassen, Dich zu besitzen, aber genauso schnell wieder herzugeben. Unsere Zweisamkeit ist eng und nah, familiär und opulent, manchmal führen wir uns auf wie kleine Kinder, erwachsen sein ist anstrengend, es gibt ein wir, und wir lachen viel. Humor ist ganz wichtig, ohne Humor halte ich keinen Alltag und keine Beziehung aus. Eins ist neu, Du bist nie im Weg, nie zu viel. Meine Schwester hast Du nun auch gesehen, wie förmlich Du mich bei ihr begrüßt, Unsicherheit ist der Zustand, ich spüre sie unter meiner Gänsehaut. Gänsehaut bekomme ich von Dir, sobald Du bestimmte Hautpartien von mir berührst, kein anderer darf sie berühren, Deine Hände können hervorragend Gänsehaut erzeugen.

Old fashioned

Du bist nicht mein Deckelchen, und wir wissen es beide. Vor ungefähr 4 Monaten hast Du Dich auf Deine Weise weggestohlen, ich war Dir noch nicht mal mehr ein Gespräch wert, schwach! Aber jetzt trittst Du mir zufällig gegenüber und freust Dich, mich zu sehen, willst mich anfassen, gar küssen, meinst Du nicht, Du hättest für genug Verwirrung gesorgt? Mehr als eine Chance haben wir versucht, zueinander zu finden und für beide ein gutes Gefühl zu entwickeln. Hast Du es vergessen? Das hat nicht geklappt. Klassisch verletzt hast Du mich nicht. In einer Deiner letzten Mails bittest Du mich, Dich nicht unerwartet überraschend zu besuchen. Genau das hat mich verletzt, Du hast mich so wenig erkannt wie es nur geht. Spreche ich so undeutlich, so wenig, so anders, silberne Silben? Nein! Du bleibst anziehend, groß, mitten im Geschehen lenkst du jede Aufmerksamkeit auf dich, das irritiert mich, ja bestimmt, aber heute weiß ich besser denn je, dass unsere Anziehungskraft eine rein körperliche ist, und die reicht mir nicht mehr. Ich möchte jetzt besser landen, weicher fallen, mein Herz erwärmen für schöne Momente im Freien, gemeinsames Erleben feiern, nicht nur in der Horizontalen liegen und kuscheln. In Gedanken wach liegen und fliegen, hier und da auch mal planen. Keine Familienplanung, aber sich immer wieder auf das nächste Wiedersehen freuen muss einfach machbar sein.
Lebwohl, Lars. Wer nicht weiss, soll zunächst besser alleine nachdenken.

Love ya

Genau das ist der kleine Satz, den ich schon sieben Jahre nicht mehr über die Lippen bekomme. Hab' soviel Lust, mich Dir mitzuteilen, aber was haben diese drei Worte eigentlich für eine Bedeutung? Sie haben mehr als nur eine Bedeutung. Nähe, an Dich denken, Dich riechen, Dich immer wieder sehen wollen, Dich verstehen, Dich akzeptieren, wie Du bist und Dich nicht anders haben wollen. Dir vertrauen, nicht zweifeln, Dir glauben und davon ausgehen, dass Du ehrlich bist. Nein, ich habe keine Worte, um diese drei Worte zu definieren. Es ist ein weiches Gefühl. Das Gefühl, das einem fehlt, wenn es nicht da ist. Es lohnt sich immer wieder, darauf zu warten. Dass es einen überspült und einen umspielt. Was wirst Du mit dieser Mitteilung anfangen? Wirst Du Dich freuen, Dich wundern, es von Dir weisen, sie nicht haben wollen? Staunen wirst Du: diese Worte aus meinem hübschen Mund zu hören. Du wirst Dich verhört haben, und ich werde mich nicht wiederholen. Ich muss es aber sagen, es ist diesmal so wichtig für mich. Vielleicht wartest Du auch schon längst darauf und hoffst.

???

Du fehlst mir und genau dieses Gefühl mag ich nicht. An Pfingsten berücksichtigst Du viele Mitmenschen und mich weniger. Warum bin ich eigentlich immer die fragende Partei, willst Du mich nicht sehen? Bist Du Dir Deiner so sicher? Ich möchte unsere guten Gefühle füttern, nicht meiden, ich möchte sie leben, nicht umgehen. Sehen wir uns denn nur, wenn Du gerade gar nichts anderes zu tun hast? Quälende Fragen in meinem Bauch, die mir ganz und gar nicht gefallen… Soll ich schon wieder weglaufen? Immer muss ich weglaufen, ich möchte aber bei Dir bleiben, wir werden miteinander sprechen müssen, einen anderen Weg sehe ich gerade nicht. Ich stelle Dich bei meinen besten Freunden vor, das hat schon eine Bedeutung. Für mich zumindest. Was denkst Du eigentlich, willst Du weiterhin alleine planen und mich dazwischen schieben? Das ist kein schönes Gefühl, Du verletzt mich auch damit. Vielleicht hätte ich viel eher was sagen müssen. Ich werde am Wochenende in mich gehen, nachhorchen, was sich da zusammengebraut hat in den letzten Monaten.

Lauschmuschel

Hab' längst gelauscht, mich geirrt, muss mich korrigieren, will bei Dir sein, Dich spüren und Dir zuhören, aber mir weiterhin gehören! So eine wohlige Ruhe, die man sich selbst gönnt, ist der beste Weg, an seine wahren Gefühle zu gelangen. Was wir immer wieder verbergen und verdrängen, soll auch mal bewusst freigelegt werden.
Aber wir müssen das wollen. Selbstentdeckung….. wir projizieren gerne unsere unsicheren Gefühle auf unsere engsten Mitmenschen. Dabei liegen Zweifel oft in einem selbst.

Un, deux, trois langues = Zungen

Deutsch kann ich am besten. Nicht lachen.

Niederländisch ist meine Muttersprache. Französisch höre ich am liebsten, ein ganzer Strauß Blumen voller Singsang und Ausführungen, die keine andere Sprache uns nahe bringt. Na gut, ich kenne sie natürlich nicht alle. Aber wie fühle ich denn? Gerechnet habe ich lang auf Niederländisch; da ich aber mit 12 schon auf die deutsche Schule musste, verschob sich mein Hirn Richtung Deutschland. Heute wird very german kopfgerechnet. Mir fehlt auch ein Wurzel- oder Zugehörigkeitsgefühl. Vielleicht ist das in der heutigen Zeit ein Vorteil. Zuhause ist die Stadt, wo ich am längsten lebe, mitten drin, da, wo Karneval gefeiert wird. Na, das war jetzt eine Kinderfrage…

Pas Rio, but Colonia

Der ist ja nicht im Februar, nein nein. Offiziell fängt der ja im November an. Le carnaval. Dieses Jahr verkleide ich mich als Miss Piggy, eine neue Freundin gesellt sich als Kermit dazu. Ja, das macht Spaß. Frauen verkleiden sich gerne, gehen gerne zusammen aus und haben auch Spaß ohne Männer. Kermit ist eine Freundin, die ich schon mal hatte, dann leider nicht mehr hatte und jetzt taucht sie wieder auf: ein Frosch für mich. Mal sehen, ob ich sie verwandle. Kermit wohnt in einer anderen Stadt, und ich habe ihn über eine sehr gute andere Freundin kennen gelernt. Anfangs war es ein wenig problematisch, ich weiß zwar immer noch nicht genau warum; Frauen sind ja schon mal seltsam eifersüchtig auf Dinge, die es nicht gibt. Selten genug treffen wir Menschen, mit denen wir uns spontan gut verstehen und uns auch verbunden fühlen. Da muss man hinterher, das muss man prüfen, ob das wirklich so ist, ob es beide wirklich so wollen. Ja, wir wollen. Kennen Sie das Gefühl der ungemütlichen Ruhe? Wenn einer nichts sagt, und das dem Anderen unangenehm wird. Oder wenn man das Gefühl hat, dass einem nichts gegönnt wird, egal, ob es privater Natur oder beruflich passiert. Ich bin zu alt und zu klug, um mich weiterhin mit Menschen zu umgeben, die mir was wollen, die mir nicht gut tun, die nicht wissen, was Freundschaft bedeutet, die immer auf einen Sondersockel wollen, nein, und wenn überhaupt: „et kütt wie et kütt", sagen wir ja hier. Man muss die Dinge ja auch einfach mal auf sich zukommen lassen können.

Wer bist du denn?

Kermit und Piggy schieben sich am Markt durch die Menge, und von schräg rechts gedrängelt kommt ein großer Mann, der nicht zu unserer Gruppe gehört. Ich weiß das natürlich nicht und sage mal so: „Wer bist Du denn?" In diesem Alaaf-Trubel haben wir gerade mal Zeit zu prüfen, ob wir zwei in Köln wohnen. Yes, we do. Heute sind wir ja dankbar für einfache Lösungen. „Ja, dann gib' mir doch mal deine Handynummer". Ohne zu zögern willigt Piggy ein und hopsala, weg ist der Mann. Sucht seine Freunde, will Spaß haben und mal sehen, ob er sich meldet. Klare Worte, klare Verhältnisse, kein

Schnickschnack, I love it. Piggy flirtet für ihr Leben gern und feiert ein paar Stunden Karneval, fast ohne Alkohol. Ein bisschen Bier mit Cola geht rein, aber richtig schmecken tut es schon länger nicht mehr. Eher ein Glas Wein am Kamin. Tom aus dem Chat hat einen Kamin, und seitdem versucht er, mich in den Osten zu locken, aber ich bleibe schön hier. Hm, aber so ein Rentierfell vorm Kamin, ich da mitten drauf mit meiner dicken Schweinsnase, die Vorstellung aus dem Kopfkino gefällt mir schon. Was wäre ich ohne meine schönen Gedanken? Ein Schwein? Ein Frosch. Wir halten sogar Händchen und finden das prima. Was die anderen denken, ist uns egal. Ich mag Frauen. Vielleicht werde ich mal eine küssen, eines Tages, aber nun mal weiter ins Getümmel. Die jungen Männer sind gegen eins schon fast alle betrunken. Wir haben geschunkelt, schöne Kostüme gesehen, geflirtet und nun gehen wir wieder nach Hause. Frauen sind ja so bescheiden.

Fernsehen

Alle schauen zu. Einige regen sich auf. Ich weiß die Hälfte der Zeit gar nicht, was kommt. Nun kennen wir uns länger und schauen wenig gemeinsam auf diesen Bildschirm. Wir kennen uns nun fast ein ganzes Jahr, haben nahezu alle Jahreszeiten ausprobiert. Du bist auf dem Gesundheitstrip, hast 32 Jahre keinen müden Schritt Sport gemacht und fängst jetzt mit Büchern und Selbstüberwindung an. Und jetzt versuchst Du mich mit gesunden Theorien zu überzeugen, ich wäre zu dick? Nein, habe ich da richtig gehört? 30 Jahre hast du auf Muttis Couch gesessen, lecker Braten gegessen und keinen Schritt durch die frische Luft gewagt. Und jetzt? Willst du? Mich? Überzeugen? Mich überreden. Es mag ja sein, dass die Waage ein paar Pfund zuviel anzeigt. Aber woher bitte nimmst Du diese Frechheit? Du willst was ändern, tue es. Erzähl mir davon, ja bitte, gerne. Dankeschön. Wo drückt eigentlich Dein großer Schuh? Wenn Du Miss Brett haben willst, ja, dann such' sie Dir doch, worauf wartest Du noch, Du Frechdachs mit Cordjäckchen-Allüre!? Steht Dir aber trotzdem. Grins. Ich rege mich selten auf und ich bin weit davon entfernt, es für Dich zu ändern. Es geht mir gut, ich fand meine innere Mitte, schwer genug, diesen Weg alleine zu gehen. Du hältst Dich jetzt bitte ganz schnell ganz viel zurück, ansonsten gibt es hier zwischen dieser Kuschel-Nord-Süd-Fahrt ein monströses Donnerwetter, und ich verspreche Dir: das vergisst Du nie mehr. Ok, Du hast Dich entschuldigt, aber bist Du Dir bewusst, was Du Dir hier geleistet hast?? Ich habe geweint und das ist nicht schlimm. Meine Traurigkeit wurde sofort gelebt, somit muss ich sie nicht noch drei Tage mit mir herum tragen. Fühlst Du Dich gut? Bist Du schon wieder so ein Mann mit Komplexen, dem es zu gut geht? Hör' mal gut zu: wenn Du nicht erkennst, dass es Dir gut geht, dann lass es eben. Aber bitte, bitte, bitte, projiziere Deine Unzufriedenheit nicht auf die Person, die sonntags so wertvolle Stunden mit Dir verbringt, ich glaube, ich stehe wirklich im Wald. Da stehe ich ja bekannterweise gerne, aber nicht unter diesen Umständen! Haben wir uns verstanden? Wirst Du dich künftig benehmen? Ich merke, dass ich reifer geworden bin. Vor 10 Jahren wäre ich heulend weggelaufen und hätte Dich böse beschimpft. Heute lasse ich alles sacken, denke ein paar Tage nach: über Dein Verhalten, über meins und was ich dann beim nächsten Fauxpas tue: denn dann bin ich am Zug: noch mal solltest Du mir nicht mehr so nahe treten. Rasen betreten verboten!!!! Ist es jetzt deutlich?? So. Was für ein Frieden, die Wut ist raus. Danke, weißes Blatt Papier. Ich fühle mich so reich, denn ich weiß, wohin mit meiner Wut, einfach raus damit, aufs Blatt, ins Tagebuch und in die Email, aber schreib' sie Dir vom Leibe.

Sparschwein

Ich spare. Du sparst hier. Er spart auch. Wir sparen immer. Ganz schön seltsam. Die Konten prall gefüllt, der Geiz regiert über dem Überfluss. Und von Glücksgefühlen keine Spur: im Gegenteil: verbitterte Mienen, Jammertal. Noch mehr haben wollen. Ist das alles ätzend, ich glaube, ich muss bald mal wieder was spenden. Nicht wegen eines schlechten Gewissens, nein, weil wir hier zuviel von allem haben. So sehe ich das.

Vorlesen

Sobald ein Buch erscheint, schreien alle: lesen! Ich finde, mein erstes Buch ist nicht sehr geeignet zum Vorlesen, außerdem finde ich, dass manche Bücher besser alleine unterm Apfelbaum genossen werden sollten. Aber nun gut. Es ergibt sich nun eine Möglichkeit, mein Buch der Presse vorzustellen, ich versuche es einfach mal und lasse mich darauf ein. Es ist ein seltsames Gefühl, mit seinem „Tagebuch" an die Öffentlichkeit zu gehen; das Projekt läuft ganz anders ab als geplant. Sagen wir so: wer seine Investitionen wieder einspielen möchte, kann sich jetzt nicht in der Großstadt verstecken. Raus aus dem Schneckenhaus und vor, ja bitte, gerne geschehen, nein, ich hatte nicht vor, dieses Skript zu veröffentlichen, ich fand eher zufällig einen Verlag, der mich darum bat, das Büchlein mit zu finanzieren. Geld muss in Umlauf gebracht werden, nicht unter dem Kopfkissen vermehrt es sich, nein, eher dann, wenn es „arbeitet". Nun lasse ich meine eigenen Buchstaben arbeiten. Ist es nicht seltsam, dass wir zu Dingen gelangen, an die wir nie zuvor gedacht hätten? Ist das Leben? Was soll ich anziehen? Damals in der Schule während des Mathematikunterrichts wurde ich gehänselt, weil ich eine hohe Stimme hatte. Heute bekomme ich Komplimente, weil ich eine schöne, angenehme Telefonstimme habe. Was einem so als Kind eingetrichtert wird, vergessen wir nie mehr. Kindsein ist so fein, aber ich bin sehr bemüht, nicht zu erwachsen zu werden.

Jens aus dieser Stadt

Das Muster ist bekannt, dieser Mann aber ein bisschen anders drauf. Er steht mitten im Leben, hat einen wunderschönen Hund und sogar Lust auf ein neues Leben. Schließt nicht alles aus, sondern nimmt vieles wieder an. Ok, seine Scheidung ist seit fünf Jahren Geschichte, und seine Kinder wohnen in einer anderen Stadt. Wir treffen uns im Süden von Köln und gehen mit dem hübschen Dog spazieren. Ich möchte auch so schauen können wie dieser Hund. Der Wahnsinn, er macht mir weiche Knie, dieser Blick, dieses weiche Fell, einfach zum Knuddeln. Leider darf ich in meiner kleinen Stadtwohnung kein Tier halten. Vielleicht ist das ja auch gut so. Wir schauen in einer Buchhandlung vorbei, und ich mache ein bisschen Werbung für mein Buch, man weiß ja nie, wofür es gut ist. Ich erzähle ihm von meinem ersten Büchlein, und er ist ein wenig beeindruckt. Im

Buchladen stellt sich heraus, dass noch nicht jeder Großhändler das Buch präsent hat, und ich freue mich wie eine Sechsjährige, dass sich heute jemand nach dem Erguss erkundigt hat. Später gehen wir noch essen, der Hund bleibt aber eigentlich den ganzen Abend im Mittelpunkt des Treffens. Schön! Dieser Mensch ist angenehm und freundlich. Wir gehen noch eine Runde mit dem Fifi, und dann bringen beide mich zur Bahn. Er raucht. Hier wird mal wieder meine Toleranz auf die Probe gestellt.

Es wird mal telefoniert statt gesimst, es geschehen noch Wunder auf dieser Erdkugel. Wir sind erneut verabredet. Das erste Treffen war wohl für uns beide angenehm. Wir gehen zum Portugiesen, diesmal mit Kerzenschein. Beim ersten Spaziergang haben wir dort unsere Nasen an die Scheibe gedrückt, und ich war ganz entzückt. Da ich dieses Bild nicht vergesse, schlage ich vor, beim nächsten Treffen dort hinzugehen.

Am Abend im eigenen Veedel

Mein Joking-Freund Matteo wies mich vor ein paar Monaten auf eine Jazzkneipe hin. Sie befindet sich sogar unweit meiner Wohnung. Dienstagabend: es ist zum ersten Mal bitterkalt in unserer Stadt. Ich war beim Training und mache noch einen kleinen Spaziergang. Na gut, dann kann ich ja auch noch zum Jazzkonzert. Wie warmer Kakao fühlt sich der Gang in die Kneipe an. Die Hände sind fast abgefallen. Vorne geht es nicht rein, der Schlauch ist so eng, dass ich durch die Küche in die Kneipe gelange. Das Konzert hat bereits gejazzt. Schöne

Töne und nette Männer in dieser Kneipe. Wenn ist das mal vorher gewusst hätte, hätte ich mir viele Internetstunden sparen können. Ja es gibt sie noch, die gemütlichen Kneipen in der Grossssstadt, wo wir uns wohlfühlen können. Der Inhaber möchte auf gar keinen Fall eine Internetseite. Der überdurchschnittlich nette Kellner Karamell versteht zwar durch Mundbewegung, dass ich einen Rotwein möchte, aber nicht welchen. Mit allen drei Sorten kommt er zu mir an den letzten Platz und fragt, welcher es denn nun sein soll. Dieser Mann geht mir gerade mal bis zur Nasenspitze, aber irgendwie finde ich ihn so sehr sympathisch, vielleicht wird dies doch noch meine Stammkneipe: ein echter Geheimtipp für Madame. Auf der Theke steht immer ein frischer Strauß Lilien, der Inhaber hat Geschmack und ist verheiratet. In der Pause treffe ich im Gemenge meinen Freund Matteo, der mir aufmerksam ein Plätzchen freigehalten hatte. Da ich Gepäck und ein Kilo Äpfel dabei habe, will ich aber nicht die ganze Kneipe durcheinander wirbeln. Ich trinke den beerigen Rotwein aus, erzähle noch ein paar Takte und gehe ganz friedlich nach Hause. Zwischendrin ruft Jens noch an, ob ich noch eine Runde mit ihm und seinem wunderschönen Hund gehe. Lieber nicht, aber ein anderes Mal gerne.

Ein weiteres Treffen

Wir sind verabredet um bei einem ganz kuscheligen Portugiesen essen zu fassen. Leider bin ich seit einigen Tagen erkältet, mal besser und mal schlechter geht es mir, daher muss ich unser Essen leider absagen. Da frische Luft dennoch immer gut tut, gehen wir später noch eine Runde spazieren. Mal sehen, wie unser zweites Treffen abläuft. Auf jeden Fall haben wir schon einige gemeinsame Interessen entdeckt: frische Luft, Jazz, Theater und Philharmonie. Humor fehlt vielleicht noch.

Ok

Du hast gewonnen. Die Freude über unser Wiedersehen und die frische Luft machen doch richtig Lust auf essen gehen. Du hast den Tisch noch nicht abgesagt, wie klug von Dir. Und jetzt wollen wir schon nach Island, jaja. Dieses Restaurant hat eine Nische, wo wir ein wenig geschützt sitzen. So eine neue Zweisamkeit will ja auch für sich sein. Später wird alles zwar anders, aber jetzt nicht durchdrehen. Piano. Wie nett Du bist, aber deine Augen irritieren mich ein wenig. Wir bestellen viele Tapas für zwei, leckeren Beerenrotwein mit Kirschnote und Wasser dazu. Ich höre Dir aufmerksam zu, wenn Du erzählst und esse dabei alle boquerones auf. Das tut mir Leid, aber ich finde es witzig zugleich. Du staunst über meine Verfressenheit, nimmst es dennoch gelassen. Du wirkst auf mich eh so ruhig und gelassen mit Deinem hübschen Hund. Ihr zwei gegen den Rest der Welt irgendwie. Ab und zu darf ich mit spazieren gehen. Danke, das finde ich nett. Und Du hast gesagt, dass Du Dich freust, weil der Hund immer noch nicht mit Dir spricht. Also Du freust dich, dass Du mit mir sprechen kannst. Als Du Dich getrennt hast und in die nächste Runde getaucht bist, da warst Du ganz euphorisch, zumindest kam das in Deiner Erzählweise so bei mir an. Na, ist die Geschichte denn nun verarbeitet?

Also gut, ich sage jetzt mal was. Ob aus uns jemals ein Paar wird, weiß ich hier und jetzt überhaupt nicht. Und weißt du was? Ich will es gar nicht wissen. Ich möchte mich auf jeden Fall weiterhin mit Dir treffen, das ist ganz klar mein Wunsch. Ich denke, Du willst es auch. Lass' uns einfach mal im zweiten Gang bleiben. Auf die Überholspur können wir immer noch. In unserem Gespräch von gestern wünschst Du Dir noch ein Kind. Aber nur, weil Du Deine Fehler von damals wieder gutmachen willst. Kannst Du Da bitte noch mal drüber nachdenken? Eine andere Konstellation bietet keine Möglichkeit, erlebte Fehler wieder auszumerzen, das denke ich zumindest. Schön sind das offene Gespräch mit Dir, die sportliche Vergangenheit und Denkweise, und damit auch das Verständnis für mich.

Vorlesen

Heute ist es soweit. Circa 100 Leute sind im Foyer eingeladen, und ich darf dabei sein. Meine erste Lesung, mein letzter Wunsch. Wer hat denn damit gerechnet? Meine Hände sind feucht, mein Kopf mit Watte gefüllt, entweder fange ich an zu stottern oder ich gerate in Trance, keine Ahnung. Spannend ist es allemal. Ich fände es auch schön, wenn meine Bücher zumindest auf Französisch übersetzt werden. Eine Herausforderung für mich selbst wäre die Übersetzung in meine Muttersprache Niederländisch. Papier ist ja bekanntlich so geduldig.

Weihnachtskugeln

Die vielen Weihnachtsmärkte sind schon wieder da. Das Jahr ist rum, wir schielen auf den Einzelhandel und ihre lichterfüllten Auslagen, Licht macht irgendwie froh. Heute Morgen beim Jogging war es neblig, ich dachte, ich müsste den Nebel durchschneiden, um voranzukommen. Matteo hat sich mit einer Russin getroffen, die ganz genau weiß, was sie will. Heiraten und Kinder kriegen. Ist das nun wertvoll oder beängstigend? Mein viel älterer Bruder ist auch mit einer Russin zusammen. Mittlerweile haben sie zwei wunderschöne Kinder, sehr spät ist mein Bruder noch Vater geworden, aber es war mit einer seiner tiefsten Wünsche. Da er soviel älter ist als ich, waren wir uns sehr lange nicht so nah. Dazu kam dann noch die Entfernung, und mittlerweile ist er schon solange im Süden dieses Landes, dass die Mentalität auch ein wenig auf ihn abgefärbt hat. Meine Mutter ruft mich vorgestern an und ist fast aufgeregt. Sie muss mir was erzählen. Vor 30 Jahren war mein Bruder schon mal verlobt und seine damalige Verlobte hat sich wieder bei meinen Eltern gemeldet. Nichts für meine Mutter, ein Überfall in die Vergangenheit. Das erträgt sie kaum, bittet mich, auf gar keinen Fall irgendwelche Telefonnummern herauszugeben. Meine Mutter lebt tatsächlich hinter dem Mond, wir stehen alle im Telefonbuch. Na, das gäbe doch mal wieder richtig guten Weihnachtsstoff. Auffällig ist schon bei uns Kindern, dass wir lange nach einem Partner suchen, bevor wir ankommen können. Es wäre ja peinlich für meine Eltern, wenn sie jetzt auch noch erzählen müssten, dass ihr ältester Sohn auch wieder getrennt lebt. Nein, ich denke, die zwei raufen sich wieder zusammen. Man kann ja auch mal zusammen bleiben, statt immer gleich wieder weiter zu rennen. Jetzt wird erstmal ein Häuschen gesucht und gekauft, und die Probleme um 10 Jahre verschoben. Mal sehen, was danach ansteht, eine Zufriedenheit will sich ja anscheinend doch nicht einstellen. Ist das mit der Liebe doch nur so ein Code? Einen, den man nicht knacken kann. Wir stehen ja doch immer wieder auf. Obwohl, da kommen mir nun auch andere Gerüchte zu Ohren: Frauen, die um die 50 sind und eine üble Trennung hinter sich haben, entscheiden sich bewusst für das alleine leben und bleiben. Vielleicht jetzt mal Spaß haben ohne Reue.

Schmetterling - papillon

Tattoos sind ja wieder out, oder? Oder muss man sie jetzt erst recht haben, Studios gibt es immer noch. Noch nie fand ich einen Mann mit Tattoos attraktiv. Heute ist mir das so ziemlich Schnuppe. Gibt ja genug andere Dinge, auf die ich achten muss. Zum Beispiel, dass es mir gut geht, und ich bei mir selbst bleibe. Mich nicht von anderen Menschen oder Mustern zu sehr beeinflussen lasse. Er hat Schmetterlinge auf dem Rücken. Nein, ich habe sie (noch) nicht gesehen. Also, ich habe ja schon mal Schmetterlinge im Bauch. Jeder, wie er mag. In die Sauna vielleicht. Warum nicht, prüde sind wir ja schon lange nicht mehr. Ja, es geht immer noch um den gleichen Mann, nicht, dass sie wieder denken, ich bin im Akkord unterwegs. Kommentare zu meinem ersten Werk sind unterschiedlich: Frauen haben es einfach nur gerne gelesen, Männer sagen: Du bist ja ne ganz Schlimme. Ja, Mann, es wäre schön, wenn du mal zwischen den Zeilen schauen könntest. Nicht jeder erwähnte Mann wurde vernascht. Und wenn doch, gönn' es mir doch einfach.

Ich habe dabei keinen verletzt, und sie waren alle einverstanden, ich musste keinen wirklich zwingen. Wer sich im nachhinein misshandelt fühlen sollte, kann sich ja mal bei mir melden, kein Problem.

Le chat ☺

Nun. Da ich dem Kontakthof Internet nicht ganz den Rücken kehren kann, kam ich vor ca. 6 Monaten in einem Chatroom zurecht. Unter anderem in einem für große Leute. Ein kurzer Einblick:
Hi, hallo, na Du, wie geht es?, Lust zu chatten, Lust zu poppen, hübsches Foto. Das sind die klassischen Anreden im Chat, kurz und prägnant, keine Zeit verlieren. Namen wie Spaßvogel-Bonn, Vivi-nylons, MannSuchtDich oder ER-kann-immer sind hier angesagt. Als zweiten Satz dann vielleicht noch: solo? Verheiratet? Woher? Lust auf ts? Und das alles im Zeitalter, wo Kommunikation groß geschrieben wird. Kommunikation ist das ja zweifellos, aber die aus der Höhle, oder? Wären wir doch lieber bei der Zeichensprache oder der Malerei geblieben. Ich liebe Höhlenmalerei, aber was ist das? Schreiben kann ja sehr viel Spaß machen, aber so? Na denn, nach einiger Zeit stellt sich zum Glück heraus, dass es auch ein paar vernünftige Menschen gibt, die dort registriert sind. Vor allem in dem „großen" Raum. So habe ich dort auch Liezzylein kennen gelernt. Sie hat mir auch erklärt, wie das mit dem Chatten so abläuft und auf Gefahren hingewiesen. Der Chat ist zunächst eine Oberfläche mit

wenig Niveau. Aber man kann auch hier was draus machen. Durch längeres Schnuppern lernt man sich auch auf diese Weise kennen. Auf jeden Fall werde ich Liezzy in der Schweiz besuchen und ich freue mich riesig auf diese neue Stadt. An dieser Stelle dann auch ein dickes Dankeschön an die liebe Dame, die mir dieses Medium schmackhaft gemacht hat. Männer kann man hier auch kennen lernen, aber die sind dann meist weit weg, und da ich älter und weiser werde und keine Fernbeziehung mehr haben möchte, bleibt es einfach beim Chatten. Ein Nordlicht wird wohl auch mal nach Düsseldorf kommen, um sich eine Ausstellung anzuschauen, na, das kann man dann prima zusammen unternehmen. Global, international, aber nicht horizontal: das Geschäft mit dem Bildschirm, dem Netz und der Maus. Schlimm wird es dann erst, wenn wir unsere Zeit nur noch vor dem Schirm verbringen. Auch Therapien für Chatsüchtige gibt es sicher schon zuhauf. Immer wieder muss ich feststellen, dass Menschen schwach sind. Wiederholt werden Dinge erfunden auf dieser Welt, die der Mensch einfach annimmt.

Pleurs du dimanche

Nun kennen wir uns über ein Jahr, und ich bin nicht in der Lage, Dir in die Augen zu schauen, um Dir einfach zu erzählen, dass ich einen anderen Mann kennen gelernt habe. Bevor ich ihn nicht geküsst habe, werde ich auch nichts sagen. Wozu auch? Beim Küssen öffnen sich Türen und Tore. Da dringt man in Herznähe oder bleibt kalt wie ein Kieselstein. Du bist immer noch so nah an mir dran, wenn wir beide nackt sind, dafür brauche ich noch nicht einmal mit Dir zu schlafen. Um nichts in der Welt kann ich dieses Gefühl wieder hergeben, auch wenn wir wissen, es soll keine Liebe sein bzw. Du einfach keine Liebe willst oder kennst, Dich dazu nicht imstande siehst. Es ist utopisch, von mir zu glauben, innerhalb einer Beziehung könnten solch warme Gefühle bestehen bleiben. Jaja, dafür gibt es dann Konstanz und Vertrauen. Aber wer will die jetzt? Ich weine schon zum zweiten Mal in Reihenfolge, bald hältst du mich für eine Heulsuse, wo ist die große, starke Frau, die mal in Deinem Türrahmen stand und ganz genau formulierte, was sie wollte. Frech kommt weiter, schüchtern tritt auf der Stelle.

Mit Nummer zwei war ich letzen Samstag im Museum, eine Ausstellung über isländische Designer, so grob, so eisig, so verrückt und modern. Island hat nur so wenige Einwohner, ja was machen wir denn noch hier? Land, Weite, Kälte, Kamine für alle? Danach eine Runde Weihnachtsmarkt, ist ja doch auch romantisch, wenn man sich gerade kennen lernt. Diese Zeit kommt dann nie wieder zurück. Genießen und schweigen.

Le nord et le sud

In unserer Stadt gibt es eine Schnellstraße, die die nördlichen Stadtteile mit den südlichen verbindet. Die Bahnlinie ist ebenfalls dieselbe, nur jeweils in die andere Richtung. Ich wohne genau dazwischen. Der Norden ist seit längerem bekannt und wurde liebgewonnen. Der Süden ist neu und bietet eine ganz andere Perspektive. Beides hat Charme, aber will ich beides gleichzeitig leben? Heute Morgen war ich zum ersten Mal in meinem Leben beim Augenarzt. Ich sitze zuviel am PC und habe Augentropfen verschrieben bekommen. Eine leichte

Kurzsichtigkeit wird mich doch nun nicht aus der Bahn werfen. Zwei Gleise, zwei Konstanten in meinem Leben, die schön nebeneinander herlaufen, ist das lebbar? Muss ich die Betroffenen informieren, oder muss ich mich einfach mal entscheiden? Ich bin ein wenig ratlos. Außerdem haben wir Dezember, kurz vor Weihnachten, Geschenke werden liebevoll versucht, ausgesucht. Ich werde mich zurückhalten, vielleicht reicht ein Zusammensein mit Freunden, was sollen wir uns bloß noch schenken? Ja, doch, kleine Aufmerksamkeiten erwärmen ja doch unser Herz, wenn es draußen so kalt ist.

Le public

Ich darf, ich soll, ich wurde von mir selbst vorgelesen. Es gibt Zufälle, die muss man einfach wahrnehmen. Eine Kollegin organisiert eine Buchvorstellung in unserem Haus, und ich darf mich dazu setzen. Zum ersten Mal vor Menschen vorlesen, die ich nicht kenne. Habe die letzten Wochen zwar geübt, aber ohne Publikum. Ich nehme mir den Nachmittag frei, weil ich mich doch ein wenig zurechtmachen möchte. Eine gute Freundin lenkt mich den Nachmittag ein wenig ab, damit ich nicht zu nervös werde. Das ist ein feiner Zug, ich danke im voraus. Es geht los. Der Raum ist voller Kunst, die Ausstellung noch nicht abgebaut, braun-rote warme Chagall-Farben umgeben uns, das Licht wird gedimmt, die anderen Vorleser sind erfahren und eine ganze Ecke älter, ich fühle mich als Küken auf diesem kleinen Podest. Ich fühle mich gar nicht so schlecht, die Aufregung unberechtigt, da sitzen Menschen, die zuhören möchten, schön, kommt gleich. Ich tauche ab. In meine eigenen Zeilen, in meine eigene Vergangenheit und fange an zu lesen. Ein kurzer

Kommentar aus dem Publikum: zu leise. Ok, ich bemühe mich, lauter zu sein. Dieser Text ist wahrhaftig nicht geeignet, um ihn laut vorzulesen. Ich bin dennoch froh, wenn die vier Seiten um sind, ein wenig zu schnell, aber nicht schlecht. Dankeschön, ihr könnt jetzt auch mal klatschen und endlich was trinken und knabbern. Danach wird noch signiert in der alten Bibliothek. Einige gute Freunde sind leider nicht dabei, dafür kommen einige, die ich erst vor kurzem kennen lernte, ich freue mich riesig über diese vorweihnachtliche Buchpräsentation, die für mich terminlich abgestimmt stattfindet. Ich werde die Organisatoren zum Essen einladen als Dankeschön.

Der Mann aus dem Süden war auch da. Er ist interessiert, unterhält sich mit meinen Freundinnen und gibt ein gutes Bild ab. Aber ich weiß noch gar nicht, wer er ist, wir werden wohl noch ein wenig auf Entdeckungsreise gehen müssen. Heute Abend hat er ein Seminar in einem Hotel dieser Stadt, vielleicht kann ich ihn am Abend dort besuchen. Ja, so ein fremdes Hotelzimmer bietet phantasiereiche Möglichkeiten, aber wollen wir denn wieder das Besondere suchen oder ausnahmsweise normal bleiben? No idea.

Und jetzt schau' doch mal in den Spiegel. Ja Du, ich meine Dich. Ok, Moment: ich schaue. Willst du diesen Mann als Figur für Dein neues Buch benutzen, oder bist Du an diesem Menschen interessiert? Die Frage ist berechtigt, aber lass' mich das bitte nicht heute entscheiden. Er gefällt mir, ja natürlich ist er auch, aber will ich ihn ständig sehen? Vielleicht frage ich ihn erstmal, was er sich so vorstellt für uns beide. Ein Stück gemeinsamen Weg könnten wir schon gehen, sogar mit dem Hund. Ich grinse hier ständig und bin schon wieder so albern. Ich denke, ich werde die Liebe in diesem Leben nicht mehr ernst nehmen können. Zu viele Medien, zu viele Klischees und vor allem so viele seltsame Menschen auf dieser Welt. Spannend aber, irgendwie, ja! Oui vraiment, bin ja wieder in einer Schreiblaune, die mich ganz verzückt, mich entlastet und beglückt.…

EisHotelLiebe

Bist Du es wieder? Soll es erneut aufregend sein? Nicht zufrieden mit dem einfachen Dasein? Der große Mann aus dem Süden tagt in einem noblen Hotel im Osten der Stadt. Er lädt mich ein, in die Hotellobby zu kommen. Jaja, so heißt das heute. Ich kann ja schauen, ob ich mir das Zimmer anschaue, ich bin ja erwachsen. Es ist klirrend kalt, ohne Handschühchen sterben meine Hände ab. Es ist kurz nach neun. Vorhin war ich joggen. Ich weiß nicht so recht, was ich schon wieder anziehen soll und greife einfach zum braunen StreifenhörnchenAnzug, der da vorhin noch zerknüddelt auf dem Bett liegt. Ich bin schnell fertig, ein bisschen Glitzer an die Ohren, ein bisschen Farbe auf die Lippen, Hotelbars sind ja bekanntlich schummerig, perfekte Location für ein Date eigentlich. Aber ich kenne Dich ja schon. Wir waren schon essen, mit dem Hund spazieren und in diversen Kneipen. Vorsichtshalber habe ich mal ein Buch eingesteckt, kannst ja auch nicht genau abwägen, wann Du fertig bist. Milchcafé und Wasser, der gemütliche Lobby-Sessel und gleich dann 3 Girlies, die ihre Boygroup im Hotel aufsuchen und versuchen, einen Blick zu erhaschen. Wie aufregend. Ich war ja mit 16 großer Billy-Idol-Fan, aber das wäre mir im Traum nicht eingefallen, außerdem hätten da wohl auch meine Eltern gestreikt.

Nein, ich treffe mich nicht mit Dir, um neuen Buchstoff zu haben. Was soll diese Frage? Oder doch? Vielleicht können wir ja auch mal eins mit dem anderen verbinden.

Meine Nase geht auf die Reise. Du riechst nach einem bekannten Parfum, einer Prise hartem Alkohol und jetzt noch Bier dazu. Diese männliche Erscheinung hat Dreitages-Stoppeln, meine Haut grinst schon und freut sich auf das kostenlose Peeling. Wir unterhalten uns kurz mit den Girlies und nun gehen wir nach oben. Hübsch, so ein frisch gemachtes Stoffbett, warme, braune, glatte Töne, alles mit Mint abgesetzt. Ja, so ein Badezimmer würde mir auch gefallen. Aber ich liebe meine kleine Dachwohnung mit dem Blick auf dicke, breite Kirchenspitzen. Unsere Küsse sind schwerfällig, ich habe eher Lust, eine Zigarette zu rauchen. Ich schnuppere Deinen kalten Nikotinatem, der mich nicht anmacht, aber auch nicht so richtig abstößt. Ein wenig unterkühlt überlege ich, ob ich nicht lieber wieder nach Hause fahren soll. Wir schauen noch ein bisschen fern, ziehen uns fast ganz aus und streicheln uns gegenseitig überall. Das geht nicht gut, und so richtig fallen lassen kann ich mich nicht. Du bist ja auch neu in meiner Kartei. An dieser Stelle die Bestätigung für die männlichen Leser des ersten Buches, die mich als männermordendes Weib ansehen. Ich empfinde dies nicht so. Man muss ja auch gönnen können, sagt man so schön hier. Das dritte männliche Bein richtet sich brav auf und denkt in keiner Sekunde daran, sich wieder hinzulegen. Ja, wie praktisch, wie im SB-Laden. Jetzt muss ich aber mal grinsen. Sehr lange ist es her, dass mein Körper in den Genuss eines ganzen Mannes gekommen ist, oder wie soll ich es bezeichnen. Ich bleibe bei Dir und wir schlafen eng aneinander ein, fast wie ein altes Ehepaar. Ich mag nicht mit Dir schlafen, besser, es noch ein wenig zu verschieben! Morgens um sechs wird es laut im Zimmer, und wir zögern nicht lange, um dort weiter zu machen, wo wir morgens um halbdrei aufhörten. Wir klären kurz die Verhütungsdetails, und so ist's dann gut, dass alles beim Alten bleibt. Deine Nase und Deine Zunge bohren sich in meinen weichen, weiblichen Körper und so langsam werde ich richtig warm und frage mich nun selbst, warum ich mich so lange ziere. Du bist ein guter Liebhaber, ich lasse mich fallen, schiebe alle Kopfzweifel beiseite und genieße Dich in vollen Zügen. Viel zu schnell ist dieses Vergnügen; wir werden uns wohl nie wieder sehen müssen. Ich schreibe in der Zeit mal weiter und wünsche Dir zunächst einen erfolgreichen, zweiten Tagungstag in diesem modernen Hotel mit den vier hübsch dekorierten Tannenbäumen vor der Eingangshalle. Ich habe mich vertan, ich weiß jetzt endlich, dass ich besser in den Norden passe. Das war für mich selbst ein kleiner Test, kannst Du das bitte verstehen?

Sans mec ce week-end

Das nächste Wochenende ist nur für mich. Heute ist Freitag, und ich gehe mit 2 netten Frauen ins Kabarett. Morgen früh werde ich die fehlenden Schlafeinheiten der vergangenen Woche aufholen, lange im Bett bleiben und auch dort frühstücken. Seit Wochen ist der Besuch der Matisse-Ausstellung in Düsseldorf geplant. Dort treffe ich mich mit einem Chatfreund aus Hamburg, ein älterer Mann, dessen Stimme mir sehr gefällt. Abends bin ich mit Kermit verabredet, und wir wollen ein bisschen tanzen gehen.

An dem Tag, an dem sich jeder um sein eigenes Glück kümmert, ist die Welt in Ordnung.
(Thomas Klüh)

Compte de fées

Es gibt sie! Die Märchen. Aber wir müssen sie selbst schreiben. Und wenn es dann kein Märchen werden sollte, können wir ja kurzfristig noch eine Spukgeschichte daraus basteln.

Das weibliche Ei

Eisprung. Ich spüre ihn. Viele andere Frauen auch. Es ist der Moment, wo Frauen den passenden Mann ran lassen, wenn sie ein Kind wünschen. Irgendwie sind die Kuscheleinheiten zu diesem Zeitpunkt tatsächlich richtig wichtig.

Die Flucht vor dem Alltag

Langsam begreife ich, was ich sonntags bei Dir suche. Es ist die Flucht vor dem Alltag. Mittlerweile reden wir über Wohnungskauf und Kochrezepte. Aber gestern. Gestern endlich haben wir mal wieder ausgiebigst gekuschelt und geflüstert. Jedem Tierchen sein Pläsierchen, nein, ich finde mich genau dort wieder, wo ich immer hin wollte. Auf eine Insel, keine organisatorischen Gedanken, kein „Schatz, wann kommst du heute nach Hause", oder „und denk an den Kasten Wasser", boah… das ist für mich tatsächlich Liebe, und ich liebe die Liebe.

Ausgehen in der grande city

Tanzen war gestern. Von den Parties ab 30 haben wir endgültig die Nase voll. Ein bisschen tanzen ist nett, dumm in der Gegend herumstehen, nein, da können wir unsere Zeit besser nutzen. Lecker essen gehen ist auch nicht mehr so sehr angesagt, denn wir kochen ja auch zu Hause gut und gerne. Gestern Abend komme ich nach Hause, werfe mich auf mein einfaches Sofa, streife Schuhe und Strümpfe von mir. Sie bleiben auf dem Boden liegen, ja, ich habe es geschafft, die letzten Jahre habe ich meinen Ordnungssinn neu überarbeitet. Früher habe ich mich über Männer aufgeregt, die gerne ihre sieben Sachen herumliegen lassen, aber heute? Genauso gibt es eine Freundin, die gerne ihre Prülle in meiner Wohnung verteilt, wenn sie mich besucht. Früher hat mich das erheblich gestört, heute zum Glück nicht mehr.
Ich lehne mich genüsslich zurück, zappe noch kurz durch die Kanäle, so ein warmes Bauchgefühl durchströmt meinen ganzen Körper. Nach einem schönen Abend gehe ich gerne alleine nach Hause. Vielleicht um den Abend nochmals nachzuspüren? Selige Momente alleine zu genießen, ja, das wird es sein. Gestern kletterte mal wieder der Nikolaus durch die Schornsteine, und ich war mit einem guten Freund im Himmel. Ja, so heißt der Film, den ich hier jedem dringend empfehle. Danach geht es noch

zum arabischen Imbiss mit Falafel und noch später in eine ganz alte, urige Jazzkneipe. Der Zigarettenqualm hängt immer noch in meiner Lockenpracht. Fünf Musiker quetschen sich in ein enges Gässchen von Kneipe und spielen ca. 2 Stunden feinsten Jazz. Ganz nah dran, direkt vor unserer Nase. Mit drei Weihnachtsmännern stehe ich da und genieße den Abend in vollen Zügen. Trinke Rotwein, Ramazotti und dann auch noch Guinness, auffällig alkohollastiger Abend für meine Gewohnheiten. Alles schmeckt gut, und dieser Abend ist für mich so ziemlich schön. Von netten Menschen umgeben. Der Liebste steckt ab und zu seine Nase in meine Haare, oder seine Zunge in mein Ohr. Das kribbelt ganz leicht und genau das ist das Gefühl, dem ich hinterher jage. Immer wieder und auch gerne mit demselben Mann, ich glaube, ich träume gerne und zuviel. Halb verbindlich, halb nah und doch so schön, immer wieder daran zu denken.

Portemonnaie

Was ist das für eine Bewegung. Ein Mann zuckt seine Börse und drückt sie mir in die Hand, damit ich bezahlen kann. Aber ich habe doch ein eigenes Beutelchen und da ist auch selbstverdientes Kleingeld drin. Ist das freundlich? Geht es um Sorgen, um Verantwortung und Hilfe? Oder geht es um markante Taten. Ich bin hier mein Kleines, ich kann uns bezahlen, ich bin für Dich da und Du brauchst Dir keine Sorgen zu machen, zumindest nicht um Geld. Ich kann das nicht, ich kann besser aus meiner eigenen kleinen Börse schöpfen, Verdientes kann ich auch gut ausgeben. Ich mag mich auch schon mal einladen lassen, aber mehr muss nicht sein. Der Finanzminister für zwei möchte ich auch nicht sein. Jeder verwaltet seins, so geht es am besten und am friedlichsten. Ja, mein Liebster, ich weiß, du hast es nur gut gemeint, danke, guten Abend. Ich bringe Dich nun erstmal zur Bahn, dann sehen wir uns doch nicht wieder.

Gerade klingelt das Telefon, und ich werde in meinem Morgenschreibfluss gestört. Na so was. Vielleicht sollte ich wirklich endlich ins Grüne ziehen und mehr schreiben. Das gesparte Geld erleben und sehen, wie es weitergeht. Einfach so. Kein Wenn und Aber, nur ein zufriedenes Dasein führen.

Glück ist wie ein Maßanzug. Unglücklich sind meistens
die, die den Maßanzug eines anderen tragen möchten.
(Karl Böhm)

Lust und Pein

Auch Schmerzen kann man buchen. Im Internet, wo
sonst. Der Reiz des Unbekannten führt mich in ein
Restaurant, zu einem unbekannten, dominanten Mann.
Das ist schon ein paar Jahre her, aber ich denke gerne
daran zurück. Einer, der weiß, was er will, der verlangt,
was er mag, eine gute, starke Stimme hat. Allen bekannt:
die Dame darf keine Unterwäsche tragen, nicht, dass wir
minus 2 Grad haben draußen, wen interessiert das, er
kriegt das, was er will, nämlich dass ich ihm gehorche. Ich,
die so sehr hasse, dass man(n) sagt, was ich zu tun und zu
lassen habe, temporär will ich genau das, aber wenig
später verabschiede ich mich genauso gerne. Obszöne
Fragen wegen der Unterwäsche während des feinen,
italienischen Essens lassen mich puterrot anlaufen, was
macht dieser Mann da mit mir, dieser Fremde, der so

drahtig, so ruhig und selbstbewusst da rumsitzt. Er zahlt und wir gehen über die Rheinpromenade zu ihm nach Hause. Jetzt soll ich mich auch noch ins Gebüsch hocken und er schaut dabei zu. Weibchen müssen halt immer wieder dringend ihr Bläschen entleeren, ok ok, nicht lange überlegen, dann schaut er halt zu. Die halterlosen Strümpfe sind Programm, der lange schwarze Designermantel bleibt offen und so flaniert er mit mir über die Promenade. Unsere Gegenüber schauen ein wenig schräg, aber bevor Wahrheit erkannt wird, sind wir längst vorbeigelaufen. Wir kommen in seine kühle Wohnung, und ich darf mich breitbeinig auf das Sofa begeben, ich zucke und frage was, aber das ist wohl schon zuviel. Ich bewege mich also nicht und warte auf die Dinge, die da geschehen sollen. Ich kenne diesen Mann nicht, und ich vertraue ihm voll und ganz, das ist im Nachhinein ein gefährlicher Gedanke. Na ja, ich lebe doch noch. Später geht es ins Schlafzimmer, er verbindet mir die Augen, zeigt mir Gummidelfine und packt seinen Spielekoffer aus Metall aus. An weiteren Details lasse ich Sie nicht teilhaben. Das war eine einmalige, aufrichtig prickelnde Erfahrung, die ich aber nicht erneut suche. Liebe und Erotik können ein Spiel sein, aber ich habe die kuscheligen Zärtlichkeiten dieser Welt entdeckt und möchte nie mehr darauf verzichten. Eine ernste und feierliche Angelegenheit, die ich immer noch regelmäßig sonntags zelebriere. Ich tauche allerdings immer mehr in mich selbst ein und weiß noch gar nicht, wo diese Reise hinführen könnte.

Die Ehe – ein fauler Kompromiss?

Ich möchte mich erst mit 50 binden. Vielleicht. Und dann auch nur, wenn Mister X um die Ecke kommt und mich findet. Ich lebe so gerne, beobachte viele Männer grinsend. Bald stellt sich die Kinderfrage sowieso nicht mehr. Die Hormönchen geben bald ihren Geist auf und dann ist endlich Ruhe im Schacht. Und nun die Frage? Wieso soll ich mich an einen Mann binden, wenn ich keine Kinder mehr haben möchte? Ich finde soviel Kraft in mir, möchte schreiben und reisen, und dann auch zwei Männer beglücken. Was mache ich mit meiner Moral und mit der organisatorischen Seite dieses Vorhabens? Zweifeln im Walde.

So gekommen, so zerronnen

Einfach versetzt. Lässt mich an der Bar stehen und kommst einfach nicht. Zwei Sätze am Telefon oder eine einfache Sms hätten es auch getan, meinst Du nicht? Du bist schlecht erzogen und gut, dass ich es jetzt schon merke. Auch wenn ich Dich um Zeit gebeten habe, ich bin ein Mensch mit Gefühlen. Aber macht nichts, alles Gute Dir und sei nicht immer so stur. Du hast Deine eigenen Vorstellungen von einem Kennenlernprozess, ich aber auch. Ich werde den Eindruck nicht los, dass es einfach eine Retourkutsche ist, weil ich nicht so funktioniere, wie Du das im Kopf hast. Schade, aber alles Gute, und grüß den Fiffi, der kann ja nichts dafür. Ich hoffe, Du meldest Dich nicht mehr. Und wenn, bin ich natürlich auf Deine Erklärung gespannt. Oder ist gar was Schlimmes passiert? Nein, ich mache mir keine Sorgen, das muss nicht sein.

Der Chat

Zwischen HasiMausi und TannenZapfen befinden sich auch normalere Menschen im Chat, unter anderem eine nette Frau aus Zürich. Im Monat Dezember besuche ich gerne fremde Weihnachtsmärkte, und so zieht es mich mal nach Zürich, dort, wo Liezzy wohnt. Sie lebt getrennt, hat zwei Kinder und hat mir den Chat schmackhaft gemacht. Die ersten Male, wo ich online war, war ich doch sehr erstaunt über die Anreden und Kommentare. Stellt man ein gutes Bild hinein, kann man sich vor banalen Anreden nicht retten. Mein ehemaliger Chef hat lange in Zürich gelebt und mir immer von dieser Stadt vorgeschwärmt.

Das bedeutet natürlich auch, dass ich nächstes Wochenende meine Schmuseeinheiten nicht bekomme, und diese alsbald nachholen muss. Letztes Wochenende war es mal wieder besonders nah. Einfach zusammen sein, sich auf dem Sofa mit Nüssen und Orangenspalten füttern lassen, ja, das ist doch höchst verbindend. Am Donnerstag gibt es schwarzen, süßlichen Bohneneintopf und ich habe mal wieder Lust, für zwei zu kochen, habe den Herzensmann dazu eingeladen. Du sagst, ich wäre vernünftig. Meine Erziehung war vernünftig ja, aber ich selbst? Lebe immer noch gerne wild und ungebunden in den Tag hinein, manchmal träume ich vom Leben in der Natur, aber vernünftig? Seit einem Jahr teile ich ab und an das Bett und leckeres Essen mit Dir. Ich habe überhaupt keine Lust mehr, irgendetwas Neues auszuprobieren, meine Sturm-und-Drang-Zeit geht nun doch mal zur Neige. Wir sind sehr unterschiedlich gepolt, aber mit Respekt und Kompromiss denke ich schon, dass wir zusammen gut leben könnten. Wir lernen uns immer besser kennen, können miteinander offene Gespräche führen und kuscheln für unser Leben gern, ganze Sonntage vergehen im Nu, und unsere Zeit rennt so davon. Du sprichst davon, dass Du weißt, dass Du versuchst, Deinem Gegenüber Deine Lebensweise überzustülpen. Denk' doch bitte nochmals darüber nach. Wäre es nicht Beziehung tötend und gar langweilig, wenn ich einfach Deine Denke und Lebensweise übernehmen würde? Lass' mich Dich ergänzen mit anderen Gedanken und schönen Gefühlen. Du wirst sehen, dass ich Dein Leben bereichere und es mehr zu leben und zu sehen gibt, als das, was Deine Eltern Dir mitgegeben haben. Ich werde mich stets bemühen, ehrlich und liebevoll zu Dir zu sein. Mit Dir zu leben, aber mich selbst nicht aufzugeben, das kann ich mir gerne zur Aufgabe stellen. Aber eins lass mir gehören: meinen Namen. Ich kann nach vierzig Jahren doch nicht einfach so meinen Nachnamen ändern. Denk' doch bitte mal darüber nach, was Dir das genau bedeutet und ob das wirklich wichtig ist für unsere Verbindung!!!

Meiner besten Freundin fällt gestern auf, dass Du mich beobachtest beim Plätzchen essen. Das, lieber Mann, kannst Du Dir bitte ganz schnell abgewöhnen. Wenn du ein Bügelbrett zur Frau haben möchtest, dann such' sie Dir doch… aber lass' mich bitte mit dem wohlbekannten Thema in Ruhe. Geh joggen, esse Du von mir aus nur noch gekochtes Gemüse ohne Fett, aber mach' nicht Dein Thema zu meinem, das gibt sonst Ärger. Es ist natürlich schon komisch, dass Du nun selbst in das Frauenthema eintauchst. Man kann alles positiv sehen. Du hast Deinen neuen Rhythmus gefunden und fühlst dich wohl, ist doch wunderbar.

Hummelchen

Wenn sie fliegt, weint sie beim Start. Hat sie Angst, sie bleibt doch mal irgendwo kleben? Tja, wer weiß schon immer alles so genau. Sie fliegt ins unbekannte Zürich, besucht dort eine sehr nette Frau, die sie im Chat kennen gelernt hat. Ein Wintermärchen ohne gleichen. Es flockt weiß vom Himmel, es riecht endlich nach Winter. Wir stapfen mit laufender Nase durch den Schnee, die Schneeflocken wirbeln um die Nase, die Nase läuft, die Füße wollen wieder zum warmen Tee. Ich liebe neue Eindrücke und neue Städte. Diese Schweiz, diese große Stadt mit ihrem Italo-Flair und dem Almöhi-Gehabe, fast überall riecht es nach geschmolzenem Käse, schöner Wintertag. Mitten im Bahnhof steht ein wunderschöner, funkelnder Weihnachtsbaum mit Kristallschmuck, ja, so was habe ich noch nie gesehen, er beeindruckt mich, dieser große Baum. Kurze Zeit später treffen wir den Mann aus Bern, er hat Päckchen für uns dabei, ja, das ist ja mal eine nette Geste. Ich liebe immer noch Päckchen, verschenke sie aber genauso gerne. Wir schlendern durch diese gemütliche Flöckchenstadt am See und kehren ein, um eine Kaffeepause zu machen. Wir sitzen an der Bar eines Spaghetti-Restaurants, wo es uns allen dreien sehr gut gefällt, hier möchten wir später gemeinsam essen. Wir gehen weiter, schauen uns die Weihnachtsbuden an, entdecken ein Bastelatelier mit Wattebäuschchen, schönen Engelsgeschichten und einer gesprächigen Dame, der man nachts die Kasse entwendet hat. Wie schrecklich! Wir gehen weiter, kaufen teure Schuhe für mich in Übergrößen und gehen wieder zurück. Nach dem Essen möchten wir uns noch nicht verabschieden und gehen noch Richtung Heimatmuseum, hier werden mit dem Projektor alle Mauern mit Sternenmuster angestrahlt, witzig und verrückt sieht das aus, mitten im Geschehen viele kleine Weihnachtsbäume mit roten Schleifchen, viele kleine Lampions und mitten drin die lustige Eisfläche für Kinder und größere Kinder. Wir wärmen uns nochmals in der Skihütte auf und sind alle drei so sehr zufrieden, dass wir ein Wiedersehen planen. Der große Mann schwärmt von seinem Kamin und versucht, uns dorthin zu locken. Sevira und ich sind einverstanden, wenn wir dies gemeinsam tun. Welcher Mann freut sich nicht über die Begleitung zweier attraktiver, gut gelaunter Frauen im großen Format, körperlich sowie geistreich. Wir leben ein Wintermärchen und sind höchstzufrieden mit diesem Samstag, es ist doch gar nicht so schwer, zufrieden zu sein. Das nächste Mal bauen wir gemeinsam einen Schneemann…

Vertraut

Wieder in Deine Arme, in die warmen, vertrauten Arme. Hier ist es. Da, wo ich immer sein will. Bei Dir. Und das nun wirklich länger. Wie ist es denn bei Dir, Du bist so in Dir zurückgezogen zur Zeit, ich komme nicht so richtig an Dich ran. Deine Stimmung ist betrübt, aber vielleicht ist es wirklich nur 'ne kleine Winterdepression. Ich habe Dir noch nie gesagt, dass ich Dich liebe. Es gab keinen Anlass und unsere Treffen waren ja lange, und vor allem anfangs, anders ausgelegt. Ich weiß, dass Du zögerlich bist, ich weiß auch, dass Du immer noch nicht so genau weißt, was Du willst, aber ich weiß jetzt auch, was Liebe für mich bedeuten kann.

Amore Mio.

Liebe ist nicht unbedingt gegenseitig. Ich liebe Dich, und ich muss Dir das auch mal sagen. Ich kann nicht mit diesem schönen Gefühl, das ich Dir widme, alleine bleiben. Du sollst es auch nur wissen, mit uns und für uns muss sich deshalb lange nichts ändern. Wir können uns aber im nächsten Jahr auch öfter sehen, wenn Du magst. Aber Du musst mir das dann auch sagen, ok, ich kann Dich auch fragen. Willst Du mich öfter sehen? Willst du ein Risiko eingehen? Es könnte ja sein, dass wir uns auf den Keks gehen, wenn wir uns öfter sehen… Das könnte ja dabei rauskommen… No risk, no fun… so ein Alltag oder mehr Alltag ist nicht einfach, das ist wohl so mit das Schwierigste und Höchste: genau das miteinander teilen zu wollen. Alles andere ist einfach und funktioniert ja auch prima, wir wissen es nun seit einem Jahr. Ich habe dieses Gefühl einer Liebe so noch nie empfunden… es ist ein ganz neues Gefühl. So, morgen sehen wir uns und ich habe mir fest vorgenommen, Dir diesen kleinen, heiligen Satz ins Ohr zu flüstern. Ich hoffe nur, dass Du ihn einfach so akzeptierst…

Neu 006

Ja, endlich ist das alte Jahr vorüber. Gleich am ersten Montag nach unserem klassischen Sonntag, verabschiede ich mich mit den Worten: ich muss Dir noch was sagen: ich lieb' Dich schon: halt auf meine weise. Ein bisschen

Nebensatz brauche ich ja schließlich immer. Ich sehe, dass Du Dich freust, aber ganz überraschend scheint es nicht bei Dir anzukommen. Dienstags kommt eine Eilrufmail mit der Bitte, mich abends zu besuchen. Ich ahne was, sage aber nichts und warte auf Dich. Da stehst Du nun bei mir und für mich mit einem langen schmalen Blumenstrauß in den Händen… Da sind meterlange Rosen drin, was sonst. Ich nehme sie gerne, Deine Liebesrosen. So lange kennen wir uns nun und so schön kann es noch mit uns sein. Ein Schritt nach vorne, hoffentlich keine drei zurück. Ich vertraue Dir, ich habe ein gutes Gefühl. Und wenn es ab und an sehr vage blieb, jetzt sind wir beide soweit, ein bisschen Liebe kommt uns in diesem neuen Jahr gerade recht, wir werden was Schönes draus machen, für Dich und für mich. Du sprichst mit mir und bist so gerührt, dass ganz kleine Tränen Deine Augen füllen, aber nicht runterkullern. Danke monsieur für diesen besonderen Moment, für diesen 3. Januar, der uns ein bisschen näher zusammenbringt. Schließlich mögen unsere Körper uns schon länger, aber was haben nun unsere Seelen vor? Ich bin sehr gespannt und auch sehr zuversichtlich.

Zum Jahreswechsel habe ich Grüsse von Gernot erhalten. Vor ca. 20 Jahren waren wir 2 Jahre zusammen, und er war meine große Jugendliebe. Kein Vergleich hält hier Einzug, denn ich bin zwanzig Jahre älter, und was, bitte schön, sollte ich vergleichen. Aber eines ist doch ähnlich: unsere vielen Schmusestunden habe ich tatsächlich ganze zwanzig Jahre vermisst, die waren mir immer wichtig, aber ich hatte es vergessen. Mon Dieu! Warum meldet der sich gerade jetzt? Will mich da oben einer prüfen, ob ich schwach werde? Nein, die Zeit ist reif für einen Blick nach vorn, gemeinsam mit Dir, nicht für eine Kutschfahrt zurück in meine 20-er Jahre.

Nun sind wir eine Woche alt. Gestern hast Du Dich gewundert und mich gefragt, ob ich nun schon soviel fernsehen wollte, was denn aus uns geworden wäre… Morgen backe ich für Dich belgische Pfannkuchen mit deutschen Äpfeln… ich freue mich über uns, ehrlich.

Authentizität wahren

Ein paar Monate sind wir nun jung. Wir trafen uns regelmäßig, bei Dir, bei mir, im Café, im Theater. Ich stelle gerade fest, dass ich viel zu lange nichts geschrieben habe. Fehlt nun hier ein Stück Realität? Habe ich die letzten drei Monate nicht real gelebt? Das passt nicht zu mir. Aber in der Tat. Ich gehe diese Woche einfach in mein geliebtes Schneckenhaus und stelle erschreckt fest, dass ich gerade dabei war, mich außer Acht zu lassen. Insofern, dass Deine Bedürfnisse und Probleme mir wichtiger wurden als meine eigenen. Da ich keine großen Sorgen habe, kann ich mir diesen Ausflug erlauben, aber der sollte nun schleunigst zu Ende sein. Wenn ich so weitermache, wirst Du mich in ein paar Wochen nicht mehr erkennen. Der Winterschlaf ist vorbei. Ich kann mir Deine Sorgen und Gedanken anhören, aber ich kann sie mir nicht zu Eigen machen. Gestern habe ich endlich mal wieder drei Bilder gemalt. Wie lange nehme ich mir schon vor, mehr zu malen. Sätze und Vorhaben, die nicht umgesetzt werden, werden schnell blass. Wer will denn blasse Bilder an der Wand haben? Keiner! Ich bin froh, dass wir uns schon länger kennen. Ich bin auch froh, dass ich nun weiß, dass Du auf Deine Weise immer in

Bewegung sein wirst. Den Tag und den Moment zu genießen, der gerade stattfindet, fällt Dir schwer. Das ging mal sonntags, heute geht dies nicht. Ich will Dir nicht zu nahe treten, aber ich denke, mein Wunsch, ein Stückchen Sonntag zu bewahren, und ein paar andere Impulse hinzu zu wollen, kann nicht verkehrt sein. Kommunikation ist sicher wichtig, aber Du bist vor mir auf dieser Welt auch nicht alleine gewesen und sei doch bitte glücklich und zufrieden darüber, dass Du Menschen um Dich herum hast, die Du um Rat fragen kannst, und auch tatsächlich immer ein Ohr für Dich haben. Ich kann Dir gerne eine weitere Bereicherung sein, aber ich bin nicht in der Lage, Dir ALLES zu sein und zu geben. Es ist das erste Mal, dass wir ein sehr ernstes und vernünftiges Gespräch über uns selbst führen. Das ist für mich nicht einfach, und da holt mich auch ganz schnell meine Erziehung ein. Erst sehr spät habe ich gelernt mich mitzuteilen, nachzuspüren, was in mir passiert und was mir gefällt. Ein Gefühl von 13 kleinen Soldaten macht sich um Bauch, am Herz und quer durch den Magen breit. Das Thema mit der Liebe war immer schon schwierig für mich, und einmal mehr sehe ich mich damit konfrontiert. Ich kann gut weglaufen, aber die bessere Aufgabe besteht darin, hier zu bleiben und dem WIR auch eine Chance zu geben. Die letzten zwei Tage habe ich Rotz und Wasser in die Laken geklebt und wenig gegessen, der Tee lässt mich aber weiterleben, macht mich transparent für meine wahren Gefühle. Mir fällt es schwer, mir selbst einzugestehen, dass ich liebe und dass auch ein Leidensweg mit durchaus schönen Blumen bepflanzt werden kann. Mir selbst treu zu bleiben ist die höchste Priorität, und Dich weiterhin als Mensch so zu respektieren wie Du bist, ohne zuviel an Dir 'rumzuerziehen. Aber es ist für mich selbstverständlich, dass ich dasselbe von Dir verlange und hiermit auch nicht zuviel. Wir sollten unsere Gespräche weniger als Kampf betrachten. Unser Telefonat von letztem Montag roch schon ein wenig nach Kampf, und wenn ich dies merke, muss ich Dir leider sagen, dass ich ihn freiwillig gerne verliere und mich in meine eigene kleine Welt flüchte, wo die Erde dann doch wieder rosa erscheint. Ich habe viel mehr Lust. Gespräche mit Dir zu führen, die uns weiterbringen und uns friedlich stimmen, natürlich darf jeder sagen, was er denkt.

Leere

Sich einlassen, fallen lassen, andere loslassen, alles loslassen, nichts fordern, mehr spüren als denken, und zwar mit dem eigenen Körper. Ich wollte Theater spielen und buchte einen Kurs in authentischer Bewegung. Dort habe ich erkannt, dass ich auf dem besten Wege war, meine eigenen Bedürfnisse durch die anderer zu ersetzen, wie entsetzlich.

Leere ist nichts Schlimmes. Wir sollten lernen, sie zu ertragen, diese sogar schön zu finden. Bewusst atmen, die Augen langsam schließen, das ist der erste Schritt. Ganz bewusst einen Raum aussuchen und sich darin wohl fühlen. Nicht nach außen wirken wollen, sondern nach innen gelangen wollen, um die körperlichen Impulse zu spüren. Den überraschenden eigenen Tanz erkunden und jeden Augenblick neu erfahren, die eigene Stimme leise oder lauter aufnehmen. Durch das offene Herz und fließende Bewegungen einen authentischen Ausdruck finden. Die anderen im Raum werten nicht, sie beobachten eventuell nur. Einfach hier und jetzt „sein".

Hormonchen

Ja, warum nicht eher! Ich glaube, mein ganzer Hormonhaushalt ist nur durcheinander geraten. Kein Grund, sofort zwei Kunsttherapeutinnen anzurufen Madame. Fahren Sie erstmal in Ruhe in Urlaub und genießen die Berge, die frische Luft, die neuen Leute und Impulse. Gut so. Grad' noch so der Straßenbahn entkommen, und mein Humor kommt langsam auch wieder, denn ich fange nicht heute damit an, mich bierernst zu nehmen. Nur andere muss ich ernst nehmen, sofern ich merke, dass sie es wünschen. Ist das Leben wirklich so ernst? Das hat mir keiner gesagt. Mein Vater ist so ein Mensch. Leben in Schwarz-Weiß, und ansonsten nehmen wir nicht alles so ernst. Ein Einzelkind. Was ist Humor eigentlich? Die Lust am Spaß, die Flucht vor dem Ernsten?

Café

Kannst du Dich an unseren letzten Winterkakao erinnern? Wir saßen da mit kalten Oberschenkeln aneinander gepresst wie Sechsjährige und schauten in Richtung Ausgang. Das ist ein Bild, das mir in den letzten Tagen ständig wieder in den Kopf kommt. Es ging uns gut und sogar Du wolltest länger bleiben, denn es gefiel Dir gut. Du hast noch mal bestellt. Wollten wir damals schon aus dieser Sonntagslösung raus, aber keiner hat sich getraut, und wir nahmen weiterhin dankbar an, was wir voneinander bekamen? Nämlich den ganzen Sonntag ohne Alltag und ohne Sorgen. Ich hoffe, dass du Dich wenigstens gerne daran erinnerst. Oh ja! Aber heute ist nicht Sonntag, und das Leben geht weiter. Wir reiben uns aneinander, und wenn man dann liebt, will man tatsächlich bewusst einen Alltag miteinander führen. Mein Hausarzt hat mir mal erzählt, dass er genau 9 Minuten täglich braucht am Frühstückstisch, um mit seiner Frau den Tagesablauf durchzuplanen. Das ist nicht wirklich viel, aber doch wertvoll, wenn beide jeden Abend wieder zusammen sein wollen.

Sturer Esel

Ich kann es kaum glauben. Wir sitzen eine Stunde auf einer Parkbank am Rhein und starren ins Wasser. Jeder von uns sagt, was er sagen will. Es fehlt sicher die Hälfte, aber das Wichtige wird schon gesagt. Noch nie habe ich Dich so stur erlebt. Was soll das? Was habe ich Dir getan, dass du Dich so verhalten musst? Nie war ich böse oder ungerecht zu Dir, warum auch. Einen halben falschen Satz habe ich am Telefon gesagt und Du stellst alles auf den Kopf. Vor zwei Wochen war ich traurig, weil ich merkte, dass wir uns voneinander entfernten. Es sollte ein Signal sein, aber kein Trennungssignal. Bin ich denn so missverständlich? Nein, das ist nicht so. Was hat man Dir getan, dass Du so verhärtest. Ich kann nichts für Deine Erfahrungen und bin auch wenig bereit, diese auszubaden, aber ich bin durchaus bereit, mit ihnen umzugehen. Wir definieren LIEBE anders, aber jeder, guter Mann, definiert LIEBE anders. Du stellst Bedingungen, wenn Sie stimmen, dann fängst du eventuell an zu lieben. Ich bin neugierig und beobachte, irgendwann bin ich verliebt. Ein paar Monate später liebe ich auch, weil es mich so unendlich reich macht. Und dann bin ich auch da, mit allen Vor- und Nachteilen, die so eine Liebe, auch

Beziehung genannt, mit sich trägt. Ich möchte nicht unbedingt heiraten, das weißt Du, aber es gibt gute und schlechtere Zeiten. Und noch was: Glück ist kein Dauerzustand, es sind immer wieder Glücksmomente, die mich beseelen. Suchst Du das ewige Glück, ich muss Dir leider versichern, dass Du es nicht finden wirst. Du bist unreif, nicht beziehungsfähig, Du wirst wahrscheinlich noch ungefähr 5 Jahre brauchen. Und das Schlimmste kommt ja noch: ich vermute, Du gehst einen ähnlichen Leidensweg. Den, den ich selbst ging und kenne. Du willst es sicher, unkompliziert und glücklich. Guter Mann, Du bist auf einer ganz großen Wolke unterwegs und anscheinend kann ich Dich dort nicht wegbewegen. Sei doch bitte nicht so stur. Leg' Dich hin und hör' mal wieder Bryan Adams, er kennt sich nämlich aus im Himmel. Mannomann, wie alt muss man eigentlich werden…

Bald ist Ostern. Ich hoffe, Du redest mal mit Deinen Eltern über die Liebe, denn ich vermute, dass Du das noch nie getan hast. Und wenn Du eine Ersatzmutter suchst, auch die wirst Du nicht finden, denn die heutigen Frauen mögen dieses Muster nicht. Wo hast Du die ganze Zeit hingeschaut und nicht zugehört, wie schade eigentlich. Ich hatte nie viel zu sagen, aber das was ich sagte, hast Du nicht hören wollen. Und noch was: wir hatten letztes Jahr keine Affäre, denn bei einer solchen ist man mindestens zu dritt. Frag' doch bitte mal Deine Freunde, dass sie Dir erklären, wann man heutzutage von einer Affäre spricht. Ich kann Dir ja leider nichts mehr erklären. Wir haben gekuschelt, meistens sonntags, haben uns leise verliebt und waren uns bewusst, dass wir beziehungsunfähig waren. Aber hier halte ich an, denn ich möchte diese einzigartig schöne Zeit nicht kaputt reden, für mich war es eine extrem wertvolle Zeit. Du kannst ja stur sein, aber ich auch, ha!

Freundschaft

Ein bekannter Satz: wir können ja Freunde bleiben. Mal sehen, was Du daraus machst. Ob der Impuls wieder von mir ausgehen muss, wie immer. Ich sitze nicht im Schneckenhaus aber ich nehme mir jetzt ganz viel Zeit für meine persönlichen Bedürfnisse, von denen Du viele einfach übersehen hast, schade eigentlich.

Weißt Du was? Statt auf Eigenschaften rumzustochern, die einfach nicht da sind, solltest Du lernen, die, die da sind, zu schätzen. Jämmerlich, so ein Mensch, der nicht merkt, was ihm geschenkt wird.

Freundschaft ist schwieriger als Liebe. Aber auch das ist Dir wahrscheinlich nicht bekannt. Denk' auch mal an meine Sozialprognose zwischendurch, vielleicht kann ich Dich doch noch ein wenig bewegen, nicht wegen mir, nein, wegen Dir. Deine Eltern werden irgendwann nicht mehr da sein, hast Du da auch mal drüber nachgedacht? Und die gibt es verdammt noch mal nur einmal. Es reicht, ich höre jetzt auch auf zu wettern.

Freunde

Heute Abend treffe ich eine liebe Freundin. Die Sonne scheint und heute Morgen war ich auch schon joggen. Wir verlangen einfach zuviel vom Leben. Liebe kommt und geht, aber nicht gerade dann, wenn wir auf einen Knopf drücken. Quel dommage. ☺

Ostereier

Du lässt mich im Stich. Nein, am Wasser. Mit meiner ganzen Gefühlspalette für Dich. Du willst meine leichten Gefühle nicht, Du flüchtest. Wie traurig. Irgendwie bist Du so oft ein Spiegel für mich gewesen. Ein Spiegel, der Mensch, den ich vor meinem 30. Jahr war. Realistisch, kopflastig, voller Ideen und Unruhe. Rastlos suchend. Nach Dir selbst. Danach kommt was Schönes, Du wirst sehen. Wenn Du Dich selbst gefunden hast, wirst Du offen sein für einen zweiten Menschen. Sei nicht traurig, es ist ein wunderbarer Weg. Achte auf Dich selbst und geh' ein wenig Deinen innersten Impulsen nach. Hör' nicht immer auf die anderen, hör' in Dich hinein. Ich befreie mich gerade von Dingen, die mich ständig an Dich erinnern. Die Zahnbürste, das schwarze Kabel. Keine Sorge, ich habe die Bilder, die Dir nicht gefallen haben, vernichtet. Soviel Respekt muss sein. Dann ist da noch eine Jeans und die Eis-DVD. Alles ist säuberlich in einer Tüte zusammengepackt für Dich. Nur, wie kommt nun das Päckchen von Süd nach Nord. Ich habe es nicht eilig damit, und ich möchte auch nicht, dass du diese Tat falsch verstehst. Den Zettel für die Malerarbeiten habe ich auch beigelegt. Keine Ursache, bitte schön. Ich bin gerade sehr nachdenklich und finde Dich undankbar. Alles, was ich für Dich oder mit Dir tat, habe ich gerne getan. Aber heute hältst Du immer noch an einer negativen Eigenschaft von mir fest, dabei habe ich nur ein Telefonat mit Dir geführt, das einfach sehr unharmonisch war. Ich hoffe für Dich, dass Du nie was Schlimmeres erleben musst. Mein Selbstbewusstsein ist wieder auf dem Damm. Wenn man sich auf keinen verlassen kann, dann verlässt man sich am besten auf sich selbst. Natürlich geht das gut, aber die spürbare Nähe eines zweiten Menschen, auch wenn er nicht da ist, ist das schönere Gefühl. Wo bist Du nur hin-gekrochen. Wo suchst Du dieses Jahr die Ostereier, und warum meldest Du Dich nicht bei mir? Ich vermisse Dich, Deine Stimme, Deine Unruhe, ja und auch Deine Haut, obwohl meine Lust schwer nachgelassen hat, seitdem ich die Pille nehme. Das war keine gute Idee und auch da habe ich mein inneres Bauchgefühl vernachlässigt; ich wollte nie mehr Hormone nehmen und habe mich von D i r   b e q u a t s c h e n   l a s s e n ,   n i c h t   g u t .

Ich ruhe in mir selbst und denke gerade, dass sich viele unserer Problemchen in Luft auflösen würden, wenn wir zusammen wohnen würden. Aber vielleicht bin ich ja wieder einsam am träumen, wer weiß. Sorry für den Zweisamkeitsgedanken. Außerdem richtest Du Dich mit einem anderen Geschmack ein, nimmst mir einen Teil meiner Vorliebe. Aber ich habe doch was dazu gelernt, ich kann alle meine Wohnungsgegenstände abgeben, loslassen, wenn ich dafür meine Liebe zu Dir wahren kann. Geschmäcker sind immer verschieden. Sollten wir diese Bedingung auch noch stellen, werden wir immer wieder auf die Nase fallen. Früher oder später kann man ja auch Möbel kaufen, die beiden gefallen, die Suche dauert nur länger, mehr ist es nicht. Aber die Suche nach irgendeinem Lieblingsobjekt dauert IMMER länger.

Ablenkung

Es nützt ja alles nichts, ich habe Dich losgelassen. Mit gutem Gewissen, damit Du Dich nicht mehr ärgerst, und ich wieder zu mir zurück finde. Immerhin schreibe ich wieder. Schade, dass ich übers Scheitern besser schreiben kann als über das Gelingen. Einmal mehr erkenne ich mein Muster. Ich brauche ganz viel Nähe, und dann auch wieder ganz viel Abstand. Mir ist bewusst, dass das für meinen Partner nicht einfach sein kann.

Ich mache Ende des Monats eine Kunsttherapie, die vielleicht den einen oder anderen Schalter oder Blockade lösen kann, ein Versuch ist es ja wert. Dazu mache ich viel Sport; ich habe mir vorgenommen ungefähr 10 Kg abzunehmen. Ich versuche jeden zweiten Tag zu laufen, mittwochs gehe ich schwimmen. und versuche mich generell mehr zu bewegen. Als Kind war ich auch pummelig, aber es hat mich überhaupt nicht gestört. Woher nahm ich dieses extrem übersteigerte Selbstbewusstsein? Fragen über Fragen. Ich habe mir in den letzten Monaten wieder ein gutes Fettpolster angefressen; reiner Schutzmantel, der einfach wieder abgearbeitet werden muss. Ich bin mir selbst sehr nah und möchte mir wieder gefallen. Die Zeit ist reif, endlich. Je dünner der Mensch ist, desto sensibler wird er. Ja, Du bist auch sensibel, und das hat ja der Arzt auch vor kurzem festgestellt.

Affäre

Letzten Sonntag allerdings fand ich Dich auf der Bank im Gespräch mit mir so gar nicht sensibel. Wer so sensibel ist, sollte auch sensibler mit anderen Menschen umgehen und vor allem zuhören lernen. Wolltest Du mich verletzen mit der Aussage, dass wir über eine Affäre nie hinaus gekommen sind? Ich fürchte ja. Bei Affären ist man meist zu dritt. Man sieht sich zwischendrin, höchstens zwei bis drei Stunden, denn es gibt da im Verborgenen einen Menschen, der nichts ahnen soll. War das so bei uns? Na, dann stand ich wohl auf der Leitung. Jetzt gerade habe ich gar keinen Draht zu Dir. Ich spüre zwar immer noch meine wohlwollende Liebe zu Dir, aber Du bist irgendwo weit weg mit Deinen Gedanken.

Schreiben ist das beste Rezept gegen meine Vieldenkerei, gut, dass ich diese Facette an mir wieder gefunden habe. Hast Du Dich jemals ernsthaft dafür interessiert? Die Antwort lautet eher nein. Du forderst bedingungsloses Interesse seitens Deiner Partnerin, bist aber nicht in der Lage, auch nur ein Drittel davon zurück zu geben. Ganz ganz, ganz schwaches Bild. Genug, ich habe gar keine Lust, Dir Vorwürfe zu machen, ich wundere mich nur. Und am ehesten wundere ich mich, dass ich zum ersten Mal in meinem Leben das Gefühl hatte, ich kann einen Menschen so akzeptieren, wie er vor mir steht. Mit all seinen Ich-weiss-nicht und Bedenken. Wie kann man dem Leben so sehr den Rücken kehren. Du baust gerade Dein Nest, aber das gilt als Absicherung für die Rente. Vergiss' bitte nicht, vor der Rente noch ein wenig zu leben und auf die Menschen, die sich um Dich herum bewegen, ein Auge zu haben.

Der Architekt

Seit drei Wochen habe ich mich aus dem Chat verabschiedet, weil mir die Gespräche zu oberflächlich ablaufen. Es gibt immer wieder ein paar Ausnahmen, aber es dauert viel zu lange, bevor ich diese finde. Ich kenne genug nette Menschen; ich werde wieder mehr telefonieren, und seit ein paar Tagen melden sich seltsamerweise einige Menschen bei mir, die ich sehr lange nicht gesehen habe, und die mit mir was unternehmen möchten.

Ausgekuschelt

Noch nicht einmal Lust auf Kuscheln habe ich. Nicht mit Dir und nicht mit x oder y.

bleib nicht wo du bist
ganz egal wie es dort ist
es ist immer schöner hier
bei mir

halt dich dort nicht fest
ganz egal was dich nicht lässt
der nebel geht vorbei
macht den himmel frei

da sind wir
ich und meine sehnsucht nach dir
wir
sind schon so viel näher bei dir

komm her
komm zurück

spürst du meinen blick

gib mir jedes kleine stück
jedes atom von dir
gib es mir

bald wirst du ja wach
ganz egal was ich dann mach
zwischen dir und mir
ist nur eine offene tür

da sind wir
ich und meine sehnsucht nach dir
wir
sind schon so viel näher bei dir

komm her
komm zurück

(2Raumwohnung)

Entliebt

Wir können sagen, dass wir uns kennen. Lange genug haben wir einander beschnüffelt, beobachtet, erlebt, geärgert. Wir haben viel gelacht und viel gekocht, und für meine Bedürfnisse sogar viel geredet. Meinst Du nicht auch? Willst Du es nicht auch? Hast Du auch schon mal daran gedacht? Komm jetzt… Du willst es doch auch. Hast Du mich jemals verflucht, ja, Du bist ab und an mal weggelaufen, und das wird auch immer wieder passieren. Aber viel wichtiger ist doch, dass Du immer zu mir zurückgekehrt bist. Wir kennen alle vier Jahreszeiten und jeden Quadratzentimeter Haut des anderen. Nicht jeden Gedanken, aber dafür haben wir noch ein paar Jahre Zeit.

Sollen wir am 07.07 oder am 08.08. Entscheide Du, das ist sicherer.

Zu schön, um wahr zu sein. Ich will doch gar nicht heiraten. Doch, einmal in meinem langen Leben werde ich Dich heiraten. Bestimmt und sogar vielleicht unüberlegt. Je länger wir überlegen, desto weniger Sinn macht es. Die Statistiken ernüchtern uns extrem. Man begegnet ja nicht nur einem Mann im Leben, wo wir JA sagen würden. Es sind nicht ganz so viele, und das ist gut so, aber so insgesamt drei in einem ganzen Leben können es auch sein. Muss ja auch. Denn einmal soll es ja auch klappen. So, ich verabschiede mich mal wieder von dem Thema Hochzeit, denn mehr als eine Formsache kann dies auch nicht sein.

Sie möchte Liebe, woher nehmen…. Doch kein Puzzlestück, sondern einfache, zweifache LIEBE.
Und jetzt kommt eine Geschichte mit gutem Ende.

Theodor und Natalie

Er ist jünger, das macht aber nichts. Doch, das macht was: sie findet das einfach nur gerecht und richtig. Das Alter spielt ab 35 keine Rolle mehr, es sei denn, der Mann möchte sich alle Türchen offen lassen und doch noch eine Familie gründen. Bitte schön. Meine Türchen werden auch mal zugeschlagen. Ich habe gelernt, loszulassen, das war eine gute Eigenschaft. Wir lernen immer wieder. Manchmal dauert loslassen auch ein paar Wochen, entschuldige bitte.

Verliebt sein macht ja schon wirr. Aber bin ich schon verliebt? Nein. Aber vielleicht bin ich kurz davor. Noch nie habe ich mich im Frühling verliebt. Soll ich? Ja, Du bist alt und weise. Wo bleiben eigentlich meine Eltern, die sind schon seit 6 Wochen verreist, die könnte ich jetzt gerade mal zum Gespräch einladen und brauchen. Die vernachlässigen mich hier ein wenig. Tja, die werden wohl auch nicht mehr ewig leben und ich habe mir fest vorgenommen, mich mehr mit Ihnen zu treffen.

Zwei, die sich gerade getrennt haben, haben viel zu erzählen, aber sind die auch füreinander bestimmt? Gibt es den Zufall im Tanzlokal oder war es doch Kalkül. Also gut, von vorne und eins nach dem anderen. Beim Verlieben geraten die Kapitel auch schon mal durcheinander, so ist das. Verzeihung, es tut mir leid. Es gibt ihn einfach nicht, den „richtigen Moment", deswegen ist aller Anfang schwer und müssen wir die Altlasten des anderen einfach akzeptieren und mit verdauen. Ja, ich lenke vom Thema ab, ich fange gleich an zu erzählen, versprochen…

Er fährt sie nachts nach Hause und möchte Ihr unbedingt seine neue Wohnung zeigen. Ein spontaner Impuls, dem sie auch genauso spontan nachgibt. Schöne Wohnung im multi-kulti-Stadtteil, guter Geschmack, Glück gehabt. Verheiratet, geflüchtet, verliebt, wieder geliebt, wieder verlassen, Deine Baustelle. Ich nehme Dich, wie Du bist. Gehen wir Donnerstag ins Kino? Kuscheln geht nicht, das machen wir bitte später. Und außerdem muss ich Donnerstagabend eine Leseprobe üben, denn am Freitag muss ich ins Studio, zehn Minuten aus meinem Buch lesen und einen Podcast herstellen lassen, ja, der Zirkus dreht sich weiter. Wer weiß, vielleicht wird doch noch ein zweites Buch gedruckt, mittlerweile sehe ich es gelassener.

Gut, dass ich verstanden habe, dass in unserer Zeit der Austauschbarkeit das Verliebtsein durchaus wieder erlaubt ist. Versuche über Versuche machen mich immer schlauer, lassen mich immer genauer erkennen, welche Art Mann zu mir passen könnte, jawohl, ich komme meinem Ziel immer näher. Auf meine Weise, aber immerhin.

Du kannst ja die alte Wohnung streicheln und streichen, aber auch mit mir ins Kino gehen am Donnerstag, oder? Na, ich warte (ungern).

Nein

Gut so. Der erste Gedanke ist ja doch oft der beste. Schlechter Zeitpunkt. Beide frisch getrennt, traurig und sehr nah am Wasser gebaut. Wir werden sicher mal ins Kino gehen, aber einfach so. Stell' Dir vor, wir würden uns gerade kennen lernen, wir würden nur über unsere vergangenen Beziehungen reden. Muster sind da, um sie zu brechen, sonst tappen wir immer in die gleiche Falle.

DIE LIEBE

Die macht mich ja so stark. Ich weiß gar nicht, was Du machst, wo Du bist, was Du isst. Heute Morgen hat meine Kollegin mir drei Blümchen hingestellt. Gestern Abend hatte ich am Rhein mit einer guten Freundin ein gutes Gespräch. Also, es stellt sich doch heraus, dass, wenn man zu seinen Gefühlen steht, die Menschen näher an einen herantreten. Heute Abend gehe ich eher alleine ins Kino, und danach werde ich malen. Liebe kann ja bekanntlich einfach alles. Ich kann warten, hoffen, schlafen, mich wundern, ruhig werden. Gut, dass einen dieses Gefühl im Leben nicht zu häufig ereilt. Und so sitze ich hier und versuche, dieses wunderbare Liebesgefühl in Worte zu kleiden. Wenn Du nachgedacht hast, sollten wir noch einen Versuch wagen. Wir können nur dabei gewinnen, glaube mir das. Ich möchte Dich zu nichts überreden, aber im Sommer möchte ich Dich wieder sehen. Ob es dann mit der Freundschaft klappt, ist eine gute Frage. Meine Freundschaften haben bislang immer länger gedauert als meine Beziehungen, zieh' Dich also warm an, denn mein Anspruch an eine Freundschaft ist ziemlich hoch. Ach ja, Sommer ist ja bald.

Der Blick des Verstandes fängt an scharf zu werden, wenn der Blick der Augen an Schärfe verliert. (Platon, Griechenland)

Hier in der Grosstadt sind wir doch alle ein wenig gestört. Hier passiert es, hier gibt es Kultur und Event, und wir glänzen, wenn wir erzählen können, dass wir hier oder dort dabei waren. Ja, dabei sein ist doch nicht mehr alles, oder? Wo ist der persönliche Beitrag, wo ist der Spaß, das Miteinander, das Wohlgefühl. Auf einer Terrasse stehen mit einem Luxusgetränk in der Hand, sich die hübsch gekleideten Menschen anschauen und anstoßen. Ist das Leben? Nein, ich wehre mich. Es ist höchste Zeit, sich wieder der älteren Generation zu widmen, denn wenn wir uns nicht beeilen, sind sie verschwunden oder verstorben. Heute gehen wir nicht mehr auf eine Party, heute muss es mehr sein. Es heißt Event, und wir wollen unterhalten werden, mit internationalen Häppchen und künstlerischen Einlagen.

Anders als gedacht.

Wie friedlich wir wieder auf Deiner Couch sitzen können, die so schwarz ist. Plaudern, trinken Wasser, warst du nervös? Ich glaube nicht, aber ich schon ein bisschen. Es ist ja alles glatt gegangen, die Gegenstände des anderen zurückgegeben, eine Stunde zusammen gewesen und zum Schluss bat ich Dich darum, mich kurz zu drücken, ja das war sehr schön, aber auch mit viel Abstand verbunden. Vielleicht warst du überrascht. Bevor ich anfange zu weinen, verlasse ich Deine Wohnung. Die Tränen fließen diesmal nicht, denn ich bin so tapfer. Außerdem gab es schon genug Tränen die letzten vier Wochen. Schön ist es, dass Du Dir überlegst, mit mir auf die Abendveranstaltung in der Nähe des Rheins zu gehen. Vielleicht können wir dort mal wieder leicht und genüsslich miteinander umgehen. Ab heute gehe ich zum Malkurs, auf den ich mich sehr freue. Möchtest Du eigentlich die neuesten Zeilen von mir lesen? Sie sind ja diesmal eher an Dich gerichtet als an die Allgemeinheit. Aber sie stiften auch Verwirrung. Ich kann Dich ja fragen und dann kannst Du selbst urteilen. Vielleicht ist das hier ein Tagebuch an Dich, das Andere nicht lesen sollen. Ich mache mich aber so immer transparenter, und wer weiß, ob Du soviel Transparenz und Wissen bzw. Gedanken über mich erfahren willst.

Meine Außenfassade bröckelt immer mehr, und das ist echt schön, denn wie bereits schon x-mal mitgeteilt, ein Leben ohne echte Gefühle möchte ich nicht mehr, das hatte ich soooo lange.

Depressiv

Eine Zeit lang dachte ich, meine Vorgesetzte wäre depressiv, aber heute Morgen stellt sich im Gespräch mit ihr heraus, dass Sie nur durch Ihre Mutter belastet ist, die Verfolgungswahn hat, Angst, dass man Ihr Geld wegnimmt. Tja, so lösen sich Vermutungen auf. Ich bin sehr dankbar für diese Frau. Sie ist sehr geduldig mit mir und zeigt mir, dass Kommunikation sehr wichtig sein kann.

Gleich geht es mit der Pferdenärrin in die Mittagspause, ebenfalls eine wertvolle Begegnung aus dem Internet. Andrina ist so resolut mit sich und Anderen. Sie ist seit vier Jahren geschieden, sie wird ihre Gründe haben.

Mal' doch

Gestern war ich dann mal beim Malkurs mit therapeutischer Ausrichtung. Das erste Thema für mich sollte sein: eine Farbe aussuchen und hier reingehen. Das hat ziemlich gut funktioniert, die Technik Nass-in-Nass ist experimentierfreudig, verwischt, verläuft, fließt auf dem Papier in Richtungen wie das Leben selbst. Nicht alle Vorgänge können von uns selbst kontrolliert werden. Das Ergebnis auf der Leinwand ist ein wunderschöner Baum in gelb-grün-Nuancen, zuletzt werden rote Tupfen und Akzente gesetzt. Eine sehr dezente Kunsttherapeutin begleitet uns durch den Kurs, wir sind fünf Frauen, die alle sehr ruhig sind. Ich unterhalte mich mit meiner Nachbarin, mal über ihr, mal über mein Bild. Unsere Bilder gefallen uns gegenseitig. Sie ist ein bisschen älter und macht auf mich einen sehr freundlichen Eindruck. Sie war gerade auf Formentera und ist hübsch gebräunt. Ihr Bild hat was Erdendes, Natürliches und Einladendes.

Das Haus

Heute Morgen treffe ich meine Nachbarin aus dem 3. Stock auf der Strasse, und wir haben uns so lange nicht mehr gesehen. Diese Frau mit ihren konservativen Ansichten und Ihrem Ost-Akzent ist mir so fremd und sympathisch gleichzeitig. Wenn Sie von ihrem Sohn und ihrem Mann erzählt, erinnert sie mich permanent an meine Eltern und die fünfziger Jahre, die ich ja selbst nicht miterlebte, da ich circa 15 Jahre später zur Welt kam. Manchmal frage ich mich, ob ich wirklich so willkommen war. Ein kurzer Gedankensprung ohne Folgen. Am Sonntag besuche ich meine Eltern gerne, meine Mutter kocht gut und lecker, wahrscheinlich Spargel und ich freue mich riesig, denn ich habe meine Eltern schon fast zwei ganze Monate nicht mehr gesehen. Vielleicht sollte ich beide auch mal herzig drücken, denn ohne sie wäre ich heute nicht so lebensfähig und fröhlich.

Diese Nachbarin, von der ich noch nicht einmal den Namen weiß mit ihren schon alten, krummen Beinen und ihrem roten Lippenstift inklusive Kopftuch, ist ein echtes Original. Sie wettert über die heutigen Frauen, weil sie rauchen. Sie hat einen Sohn, der nicht erdet und findet es schade, dass wir jungen Frauen keine Verantwortung mehr übernehmen wollen und können. Sie sagt, wir sollten nicht vergessen, dass wir älter werden und uns freuen, mit zunehmenden Erfahrungen und Gebrechen einen Menschen an der Seite zu haben, den wir lieben und auf den wir uns verlassen können. Heißt sich verlassen sich einlassen, sich verlassen, sich gehen lassen? Nein. Ich kann ja auch nichts dafür, dass ich so spät mit meiner Selbstsuche und Selbstfindung gestartet bin. Es ist nicht schlimm, denn ich weiß, und das Kino und die Medien helfen mir. Auch später oder gar im hohen Alter, notfalls im Altersheim finden wir einen Menschen, der einem gefällt, zu einem passt und mit dem wir teilen können, sogar den einen oder anderen Kompromiss leben können. Ist es dann heute so schwierig, weil wir noch so viele Jahre vor uns haben? Wahrscheinlich. Wo bleibt denn unser aller Mut. Mut, sich für einen Menschen zu entscheiden, mit dem wir uns auseinandersetzen, ihn aber dafür nicht verlassen. Energien und Gedanken austauschen, plaudern und auch die Leichtigkeit des Seins miteinander dividieren.

Libido

Je mehr ich denke, desto weniger Beachtung schenke ich meinem Körper. Es ist wieder soweit. Seit ein paar Wochen keine Nähe, keine Streicheleinheiten. Beides ist wichtig. Seele und Geist, Arme und Beine, Du und ich. Wir sollten ein Puzzle bilden, das uns beide zufrieden stimmt mit Glücksmomenten. Immer wieder. Nicht auf Knopfdruck, nicht heute oder morgen, aber bestimmt irgendwann, aber nicht erst mit 50. Ich neige dazu, die wichtigsten Begegnungen in meinem Leben wegzuschieben, denn auch ich kenne das Angst- und Verlustgefühl. Meine Mutter hatte mit 20 schon keine eigene Mutter mehr, es kann sehr gut sein, dass sie mir dieses Gefühl weitergegeben hat. Danke kann ich hier nicht sagen, denn so eine Angst kann ganz schön belastend sein, für einen selbst und für die Mitmenschen.

Wer verlangt jetzt eigentlich, dass ich auf körperliche Nähe verzichte? Nur ich selbst. Selbstbestrafung. So lange ich meine Strukturen nicht geordnet habe und immer wieder feststelle, dass ich wirklich bereit bin für eine Liebe, lasse ich mir Zeit. In mich reinhorchen, stillhalten, malen, empfinden und auch wieder träumen.

Es gibt immer wieder Phasen, da bin ich mir selbst genug. Aber ist das nicht der beste Ausgangspunkt, um anderen Menschen positiv zu begegnen. Manchmal bin ich mir sogar alleine zuviel. Das sind seltsame Tage. Man kann sich ja nicht immer selbst lieben.

Mehr denn je erkenne ich, dass die schönen Dinge des Lebens einen richtig aufleben lassen: Kunst, Musik und schöne Farben. Warum ist der Frühling so schön? Neuanfänge in zarten grünen Tönen, leise und wachsend, nicht fordernd.

Tauschaffäre

Ja, es war wieder mal an der Zeit, unsere Wohnungen aufzuräumen. Ich komme bei Dir vorbei, und wir sitzen auf Deiner Couch und erzählen fröhlich. Du wolltest meine Sachen nicht mehr bei Dir haben, vielleicht wolltest Du lieber meinen Körper bei Dir haben, aber das hast du mir nicht gesagt. Nach diesem Plausch hätte ich mich gerne noch mit Dir eine Stunde auf Dein Bett gelegt und hätte Deinen Bauch gestreichelt. Soviel zum Thema Denkarbeit. Du bist so ein kopfgesteuerter Mensch. Wenn ich Dir das nun nachmache, dann brauche ich mich nicht wundern, dann finden wir nie mehr zueinander. Irgendetwas steht, liegt oder schiebt sich immer wieder zwischen uns. Dauerhaft zufrieden zu zweit: das ist für uns augenblicklich eine unlösbare Aufgabe. Wir wollen uns nicht immer wieder ärgern und wundern, oder? Fühlst du Dich wohl so, oder vermisst Du mich ein bisschen? Ich kann hier immer nur für mich sprechen. Du hast mal gesagt: ich wäre die Frau, die Du nie vergessen würdest. Ich danke Dir für ein seltenes Kompliment. Meinst Du nicht, dass Du mit dieser Frau auch eine ganze Weile leben könntest? Nicht jetzt, vielleicht musst Du noch ein paar Erfahrungen sammeln. Aber Du sagst regelmäßig, dass Du Dich heute schon alt fühlst. Alt? Du spinnst.

Wieder anders als gedacht

Denken ist fein. Handeln geht auch. Lach' doch mal, und nimm' das Leben mit vollen Händen an. Nimm' mich, wie ich bin. Gib' mir einen ordentlichen Rahmen, eine lange Leine sozusagen und akzeptiere meine kreativen Phasen. Das könnte so schön sein. Ist das dann Liebe, oder verwechsele ich schon wieder was? Es kommen ja schon mal so ganz kleine Bauklötzchen durcheinander in meinem Hirn. Aber das sind so mit die kreativsten Phasen in meinem Leben. Warum wehrst Du Dich so? Schau' auf unsere 80 gemeinsamen Tage, nicht auf die 20 anderen. Vielleicht kann ich ja Dein volkswirtschaftliches Denken ein wenig mit meinen kreativen Adern beeinflussen. Bist Du soweit, bereit und neugierig? Meinst Du nicht, wir haben eine eigene Jahreszeit verdient? Klassisch gibt es vier, aber wir sind ja schon beide mehrfach in Liebesangelegenheiten enttäuscht worden, dieses mögliche WIR ist eine Chance für uns. Mit guten und echten Gefühlen, mit Konflikten und blauen Phasen, auf einer grünen Wiese mit bunten Bildern. Hier bin ich, ganz und wahr, wo bist Du??

Maiwirrungen

Nachdem ich gestern den großen Wunsch hatte, Dich ganz nah bei mir zu spüren und Dir dies auch mitteilte, geht es mir heute wieder gut. Es gibt überhaupt so viele Dinge, die Du noch nicht weißt über mich. Dieser Maibaum da an der nächsten Straßenecke, der irritiert mich schon sehr. Aber er steht dort in der Nähe einer Schule, alle Mädels mit meinem Vornamen werden sich darüber freuen. Wer stellt denn Maibäume auf mit einem roten Herz, wo auch noch der Name draufsteht. Das ist ja vielleicht eine reizende Geschichte. Ich habe diesen Baum fotografiert. Gestern Abend war ich dann noch im Kino mit einer Freundin. Es ging um die Macht und Wirkung von Worten. Also gut. Habe ich doch lange gedacht, ich müsste mich besser äußern und mitteilen können, das Gefühl der Unzulänglichkeit kenne ich ja aus meiner Erziehung, weiß ich heute: meine Mitteilungen geschehen über andere Kanäle. Bilder und geschriebene Wörter, höchste Zeit, mich mal wieder so zu akzeptieren, wie ich wirklich bin. Heute scheint auch endlich wieder die Sonne, und heute Abend geht es auf den Tennisplatz. 13 Frauen dort, die fast alle Kinder haben und ihren freien Tennisabend genießen und auch begießen. Vorteil auf!

Lettre d'adieu

Bonjour toi,

*ich kann nicht zur Tagesordnung übergehen, Dir Deine Sachen
wiedergeben und
mit Dir Tee trinken. Ich wünsche mir zwar dringend meine
Leichtigkeit des Deins von letztem Jahr zurück, aber ich warte
da auf ein Wunder. Sowohl im Kopf, als auch im Herz ist
ordentlich was
durcheinander geraten.*

*Deine Sachen bekommst Du per Post von mir.
Ich hätte eigentlich nur gerne meine Sportschuhe zurück, alles andere
entscheidest du Selbst. Die Bettdecke bitte entsorgen.*

*Die Sportschuhe kannst Du irgendwann im Büro
abgeben. Unten oder oben. wie Du magst.*

*Die Begegnung in meiner Wohnung könnte dazu führen,
dass ich Dich darum bitte, mit mir zu kuscheln, ich
glaube, das wäre fatal. Jedem Anfang wohnt ein
Zauber inne. Nichts lieber als die Zeit zurückdrehen
würde ich, aber so schlau sind wir beide, das geht
nun mal nicht.*

*Ich hatte NIE das Gefühl, mit Dir eine Affäre zu haben.
Ich konnte immer gut auf ein nächstes Treffen warten,
denn ich liebte Dich schon, ohne es zu merken, was für ein
Gefühl!*

*Ich wünsche Dir nur Gutes, dass Du Dich gut einlebst
in Braunsteil und Dich natürlich auch wieder richtig
verliebst.*

Lange war mir kein Mensch so nah, es hat Eltern-Charakter daher auch die Schwierigkeit von mir, damit umzugehen. Geliebt, vermisst und weggestoßen gleichzeitig.

Wir haben uns tatsächlich zu wenig gesehen, um uns richtig kennen zu lernen. Aber wir haben auch vieles voneinander gelernt, hierfür lass' uns dankbar sein.

Herzlichst, n.

Adieu

Am Ende ist es doch alles wieder sehr traurig. Wir können weder reden, noch schmusen, noch uns verabreden. Ich sage auch nicht auf Wiedersehen dieses Mal. Ich sage nichts mehr, und ich schreibe auch nichts mehr. Unsere Verbindung hatte auch etwas Vernichtendes und das ist wirklich unschön. Beide nicht in der Lage, aus positiven Gefühlen ein Gerüst zu basteln, in dem wir uns beide zusammen und jeder für sich gut bewegen können. Ein bisschen wie zwei Königskinder, die nicht zueinander finden wollten und konnten. Vielleicht waren wir uns in unserer Unterschiedlichkeit doch zu ähnlich. Du kannst mir ja noch nicht mal ins Gesicht sehen und mir sagen, was Du zu sagen hast. Aber ich soll nicht kommunikativ sein. Hinter Deinem Bildschirm hast Du Dich versteckt, um mir zu sagen, dass Du Deinen weiteren Lebensweg ohne mich gehen möchtest. Ich hasse Dich nicht, auch hier bin ich wiederum dankbar, dass mir wirre, aber auch große Gefühle widerfahren sind. Wir sehen uns im Altersheim in Braunfels oder am Rhein, beides sehr schöne Häuser…. Ich kann mir das Grinsen nicht verkneifen, na siehste, es geht wieder aufwärts.

Adieu mon cher, die Nächte mit Dir waren schön… und die Nächste wird es bei Dir gut haben, ich weiß es. Leider lernt man auch für die Zukunft. Das Leben geht und fließt weiter. Ich suche mir jetzt einen echten Freund, der mir zuhören kann. Ich vermute, dass er älter sein wird, getrennt oder geschieden, mit mehr Lebenserfahrung als ich mit Spaß an Kunst und Musik. Ich bin sehr gespannt und freue mich darauf. Und ich werde umziehen, wahrscheinlich im gleichen Viertel, zwei Straßen weiter, Tapetenwechsel macht immer Mut, vielleicht in den ersten Stock mit Blick ins Grüne. Mit der Nachbarin über mir habe ich schon gesprochen, die macht einen sehr netten Eindruck. Wir werden sehen, auf jeden Fall bleiben wir alle in Bewegung. Vielleicht etwas langsamer als vor ungefähr zehn Jahren. Das Leben ist doch ein langer, ruhiger Fluss…

Mon petit coeur

Mein Herz ist bei Dir. Behandle es bitte gut, denn ich habe nur eins davon. Ich kann mir weder bei meinen Eltern noch im Supermarkt ein neues besorgen. Es ist, glaube ich, das erste Mal in meinem Leben, dass ich keine Lust habe, es mir zurückzuholen. Mal sehen, wie lange Du es gut behandelst, und auch ab und an mal streichelst. Sehr gespannt lebe ich weiter, aber halt ohne Herz.

Vielleicht klingelt ja auch mal ein netter Mann an Deiner Türe, dem Du es mitgeben kannst. Du siehst, es geht auch ohne Dich. Herzlos leben, das habe ich früher auch gekonnt, vielleicht ist das ja die Lösung all meiner Probleme.

Theodor

Theodor hat die richtige Nase. Er ruft meistens im richtigen Augenblick an. Gestern, kurz bevor ich ins Kino ging. Ich weiß eigentlich gar nicht, warum er angerufen hat. Wollte er sich nur kurz melden, oder habe ich wieder nicht zugehört? Na ja, er ist ja nicht aus der Welt. Ich tippe mal, dass er sich am Samstag wieder meldet. Aber er fragt auch gar nie, um mich zu sehen. Auffällig. Er muss ja auch erstmal 15 Jahre Beziehung verarbeiten. Und ich hier mit meinem Liebeskummer einer 19-jährigen, na ja, das gibt ja eh schwierige Gespräche oder gar belastende, nein, wir sollten noch ein wenig warten oder nur was unternehmen ohne zuviel Erwartungen. Du gehst jetzt keinen einfachen Weg, aber er lohnt sich, Du wirst sehen.

Sternschnuppen

Heute Nacht soll es ganz viele Sternschnuppen geben. Ok, ich stelle mich alleine auf meinen Balkon und werde sie beobachten. Dabei meine Blumen streicheln und mich ein bisschen wundern. Ich liebe Hortensien, es sind Schattengewächse, die fühlen sich wohl bei mir auf meinem kleinen, blauen Schattenbalkon. Schneebälle sind auch feine Pflanzen und ganz viel Efeu dazu. Ich muss mir dringend mal ein Gartenbuch mit schönen Gärten kaufen. Leider kann ich mir keinen Garten kaufen. Es gibt

viele Dinge, aber vor allem Gefühle, die wir nicht kaufen
können. Nein, ein Buch mit und über Bäume bestelle ich
mir jetzt, sofort. Die ältesten Bäume Deutschlands.

Und alles Getrennte findet sich wieder.
(Friedrich Höderlin)

Aber manchmal auch in anderen Formen.
Märchenbäume, Nasen, neue Menschen…